诗词里的四季之美

靳舒馨 著

浙江人民出版社

图书在版编目（CIP）数据

诗词里的四季之美 / 靳舒馨著 . —杭州：浙江人民出版社，2022.2（2022.6 重印）
ISBN 978-7-213-10303-2

Ⅰ . ①诗… Ⅱ . ①靳… Ⅲ . ①散文集－中国－当代 Ⅳ . ① I267

中国版本图书馆 CIP 数据核字（2021）第 192404 号

诗词里的四季之美

靳舒馨 著

出版发行：浙江人民出版社（杭州市体育场路347号　邮编 310006）
　　　　　市场部电话：（0571）85061682　85176516
责任编辑：王　燕
营销编辑：陈雯怡　赵　娜　陈芊如
责任校对：杨　帆
责任印务：刘彭年
封面设计：北极光
电脑制版：北京弘文励志文化传播有限公司
印　　刷：杭州丰源印刷有限公司
开　　本：880毫米×1230毫米　1/32　　印　　张：7.875
字　　数：110千字　　　　　　　　　　插　　页：4
版　　次：2022年2月第1版　　　　　　印　　次：2022年6月第2次印刷
书　　号：ISBN 978-7-213-10303-2
定　　价：49.80元

春

夏

秋

冬

推荐语

　　这本书给我的第一个印象，是"书卷气"。作者用细腻温婉的笔触描绘了四季里司空见惯的节令之物，牵出其背后五千年的灿烂文化，无论是诗词还是典故，皆可信手拈来、娓娓道来，字里行间渗透着一种独属于中国的古典之美和文人之思，娟秀、清新，而又绮丽动人。

　　写这种文章，尤其是年轻人来写，很容易掉书袋，沉溺在优美的文字和精致的情怀中不能自拔，不知不觉中，工于词句而疏于意蕴。然而通读全书，我发现作者并未止步于此，这一点令人十分欣喜。作者的文字中，很难得地还有一股"烟火气"。她所选取的物品、吃食、花鸟、虫鱼，是诗词与现实连接的纽带，更是给了这本书无限的生命力。在人人向往城市的时代，我却能够从书里看到，作者对故乡和土地深深的眷恋。典雅的文字描绘的，是路边的迎春花、大麦红，是田埂上的荠菜、黄杏，是我们再熟悉不过的亲情、友情、爱情。沾染着泥土的诗歌才最为动听，而这也正是本书"耐读"的原因。

舒馨是中国诗词大会第四季的季军，由她来写"四季"，仿佛冥冥中有一种奇妙的缘分在。诗词功底扎实的她，又是个理工科女孩，这种"跨界尝试"，反而给文章注入了一种别开生面的新鲜感。当山东人的大方豪爽，工程师的理性严谨，与诗词的含蓄典雅相碰撞，读者能够看到的，是一种细腻与旷达同在、婉约与活泼并存的独特风格，是难能可贵的"不矫情"，是一种"清水出芙蓉，天然去雕饰"的美。而这些，是在非科班出身的作家们的文章中，很难寻觅到的。

无论你是因为何种机缘翻开这本书，读下去吧，你一定不会失望。作者这颗饱含热情的诗心，将带你领略一个更美丽的世界。

2021 年 6 月

前　言

　　不知从什么时候起，我们身边的四季，已经渐渐模糊了界限。我们在五个工作日和两天休息日中汹涌向前，猛然一回头，才发现已经溜走了多少个春夏秋冬。

　　在钢筋水泥的城市丛林中，季节的踪迹越来越难寻觅，但古人不一样。

　　古人以五日为一候，三候为一气，六气为一节，于是一年有了四个季节，二十四个节气，七十二种物候。一个农耕民族的日子，的确是要精确到这个刻度上来过的。何时东风解冻，何时雷乃发声，何时蝼蝈鸣，何时螳螂生，何时凉风至，何时鸿雁来，何时地始冻，何时蚯蚓结……大自然自有它的一套法则，而人类只有与之同频共振，才能获得它的恩赐。如今，这些细微的变化被简化成了天气预报里的温度变化，春夏秋冬也不过是增衣减衣的信息，古人的四季，正在悄悄离我们远去。

幸好，它们早已被记在了诗里。

翻开一卷诗，你会发现，日子又慢了下来。从"竹外桃花三两枝"，到"桃花流水杳然去"，从"小荷才露尖尖角"，到"菡萏香销翠叶残"，你会听到花开花落的声音。从"沾衣欲湿杏花雨，吹面不寒杨柳风"，到"水晶帘动微风起，满架蔷薇一院香"，从"一年好景君须记，最是橙黄橘绿时"，到"夜阑卧听风吹雨，铁马冰河入梦来"，你会触到四季轮回的痕迹。

随着读诗，你的眼睛会变得更加清澈，你的内心会变得更加柔软，春天里的一朵花开，夏天里的一声蝉鸣，秋天里的一片落叶，冬天里的一缕阳光，都将使你会心一笑，领略到时间创作出的小美好。

我想把这一切，告诉你。我想把让我欣喜的一点一滴都写给你看，我想记录下在彼时彼刻，面对着同样物候的一刹那，我与古人穿越千年的美妙共鸣，唤起沉睡在诗词里的，属于中国人的四季。

希望这本书能够让你慢下来，在城市生活的夹缝中，寻觅四季的诗意。

目录

春

春风动春心，流目瞩山林。

山林多奇采，阳鸟吐清音。

01　花灯：蛾儿雪柳黄金缕

又是一个元宵节。我突然想起，已经许多年没有看过花灯了。

小时候，家乡的元宵节比春节还要热闹。春节期间，除夕要"守岁"，初一要"拜年"，都是关起门来，各家过各家的日子，纵然出门走动，也不过是走一走两个"家"之间的通道罢了。而元宵节就不一样了，元宵节的夜晚，是家家户户都要走出门的。过了初七，街上就逐渐热闹起来，年前卖的春联、福字换成了花灯，孩子们的眼睛滴溜溜地盯着一只只花灯，试图从中挑选出自己最喜欢的。说起来，那时候的花灯也不怎么好看，多是流水线生产的工业产品，塑料的外壳，做成生肖、花朵或者流行的卡通人物形象，里面吊一个小灯泡，顶上一根电线，连到提杆上，提杆里装两节电池，就是一个花灯的基本结构。有些高级的，还会播放音乐，或者变换灯光的颜色。花灯着实是小孩子才喜欢的玩意儿。但是不管大人们觉得好不好看，这灯都是一定要买的，没有花灯还叫什么元宵节呢？到了正月十五这一天，孩子们早早吃过一碗汤圆，便迫不及待地提上花灯出门了。去哪儿呢？当然是灯会。

家乡那座小城不大，但灯会却不止一个，凡是"家底子厚"的工厂或者大院，都会张灯结彩地布置一番，哪家今年的花灯新奇，就会成为人们正月里最津津乐道的谈资。最热闹的灯会有两个，城北的人民公园是"公家"的，城南的则是火电厂出钱，布置在厂区大院里的灯会。我们常去的是城南灯会，那时候火电厂的效益好，那规模、那气派，自然是其他灯会都比不上的。

《红楼梦》里甄家小姐甄英莲，四岁那年元宵节看社火花灯时被拐走，只有去看过灯会的人，才知道这个情节太真实了。灯会人多，多到什么程度呢？在我家乡那座并不发达的小城，二十世纪九十年代，每年唯一会堵车的时间，就是灯会散场时。从点灯开始，人陆续拥来，不一会儿，车水马龙了，再一会儿，摩肩接踵了。这样的人流中，一不留神，孩子就会走丢，于是年轻的父亲会把孩子扛起来。坐在父亲肩头，看人头在自己脚下攒动，四面的花灯闪烁着七彩的光芒，天上的烟花一朵接一朵地绽开，这是我关于灯会最幸福的记忆。

啥样的花灯才算好看呢？无非两个词，一是大，二是奇。

电视剧《长安十二时辰》里，一盏高大无比的"仙灯"令万人空巷，成了长安城瑰丽的象征。在唐代，元宵灯会也确实是热闹非凡的盛会。唐代的长安还执行着宵禁制度，但每年元宵节前后这几天，宵禁放开，可以说是官方指定的"狂欢夜"。而元宵夜的花灯，自然也成了一种展示国力、与民同乐的国家行为，"大"也就成了"基本操作"。《朝野佥载》记载：唐睿宗曾经在唐玄宗先天二年正月十五，命人制作了一个高二十丈的巨大灯轮置于安福门外，灯轮之上装饰着各种丝绸、金玉饰品，并悬挂花灯五万盏，当它转动的时候，五光十色的灯光令人目眩神迷，映衬得满天星斗都黯然失色。当然也有靠"奇"取胜的。《明皇杂录》里记载：唐玄宗时期的工匠毛顺以缯彩结为灯楼。这座灯楼高达一百五十尺，有风吹过时，灯楼上悬挂的金玉之物便发出清脆的声音，十分悦耳。如此胜景，自然让人流连忘返。唐代诗人苏味道曾经在《正月十五夜》中这样写：

火树银花合，星桥铁锁开。

暗尘随马去，明月逐人来。

游伎皆秾李，行歌尽落梅。

金吾不禁夜，玉漏莫相催。

好一个大唐不夜天。

宋人更会玩。宋太祖于乾德五年正月下诏将唐代为期三天的元宵放灯时间延长至五天，至南宋淳祐年间，又增为六夜，正月十三日就开始放灯。不仅时间长，宋代的灯花样也更多。《东京梦华录》载："自灯山至宣德门楼横大街，约百余丈，用棘刺围绕，谓之'棘盆'。内设两长竿，高数十丈，以缯彩结束，纸糊百戏人物，悬于竿上，风动宛若飞仙。内设乐棚，差衙前乐人作乐杂戏。"灯光音响全部就位，再加上唱歌的、奏乐的、杂耍的，俨然是一场盛大的联欢晚会了。即使小型的花灯也比现在的塑料花灯有趣。南宋盛行"走马灯"，设有"轮轴"，上有剪纸，在灯内点上蜡烛后燃烧产生的热力造成气流，带动轮轴转动，烛光将剪纸的影投射在灯屏上，图像不断变化，可以说是非常"黑科技"了。甚至还有女孩子把花灯戴在头上。

《新编醉翁谈录》记载："妇人又为灯球灯笼，大如枣栗，加珠翠之饰，合城妇女竞戴之。"能工巧匠们把灯笼打造得像枣子和栗子一般大小，再用珍珠和翡翠做装饰，晶莹剔透，光彩夺目，往头发上一插，成了最耀眼的饰品。戴上这样的首饰，看灯人本身也成了风景。辛弃疾写"蛾儿雪柳黄金缕，笑语盈盈暗香去"，也许这笑语盈盈的佳人离去时，头上也有个闪亮的灯球，在一闪一闪地撩人心弦呢。

可惜如今，元宵节看灯竟成了一种奢望。记得离开家乡的第一个元宵节，听说北京蓝色港湾的灯光漂亮，我坐地铁穿越了大半个京城去看灯，可到站以后，我在一片鼎沸的人声中，看到的只是商场的电子屏和闪烁的霓虹灯。一问才知道，原来家乡的那种灯会，已经很多年都没有过了。那一晚，在北京初春的寒风里，我第一次感受到了失望和孤独。十年过去了，我早已经习惯了没有花灯的元宵节，而灯市也渐渐成了回忆中的一段往事。只是不知道，多年以后，当我们的子孙蓦然回首时，是否还能于灯火阑珊处，窥见那旧日的光华。

02 春雷：只待新雷第一声

二十四节气的名称，或是标志季节的行进，像立春、立夏、秋分、冬至，或是描绘景色的变换，像谷雨、芒种、白露、大雪，唯有惊蛰是个例外。"惊""蛰"，两个字，组成了一个完整的动宾短语，更描摹出一幅声色兼备的场面。入冬后，动物伏藏土中，是为"蛰"。什么才能启动蛰呢？是雷。《夏小正》曰："万物出乎震，震为雷，故曰惊蛰。是蛰虫惊而出走矣。"当春雷响起，蛰伏的生灵重新回到这个世界时，春天才算是正式开始了。

人们对雷历来是敬畏的。《山海经·海内东经》曰："雷泽中有雷神，龙身而人头，鼓其腹，在吴西。"这是中国人对雷最早的想象，想来倒也贴切，轰隆隆的雷声，可不就像神仙饿肚子时，腹部发出的咕噜噜的响声吗？按照《山海经》的描写，这只雷生活在吴地西边的雷泽中，应当是个水神。雷也应当是水神，不然怎么会一出现就大雨滂沱呢？他制造出惊天动地的响声，向干涸的大地炫耀着自己的恩泽，像个耀武扬威的君王，又像个得意洋洋的孩童。

当然，雷是叫醒春天的功臣，自然是当得起人们的感激的。陆游曾在《春晴泛舟》中这样写道：

儿童莫笑是陈人，湖海春回发兴新。

雷动风行惊蛰户，天开地辟转鸿钧。

鳞鳞江色涨石黛，袅袅柳丝摇曲尘。

欲上兰亭却回棹，笑谈终觉愧清真。

平地一声雷，不仅唤起了万物一新的春天，更是唤回了诗人早已逝去的青春，在春水初涨的湖上，不再年轻的陆游找回了年少时的欢畅，字里行间充满了轻松欢乐的气息。这春雷，真是配得上"天开地辟"四个字。

春夏隆隆大作的雷，到了秋冬却突然偃旗息鼓，是藏到哪里去了吗？古人对这个问题的回答，不仅不浪漫，甚至还带着点无厘头的幽默。唐代李肇《唐国史补》记载："雷州春夏多雷，无日无之。雷公秋冬则伏地中，人取而食之，其状类彘。又云，与黄鱼同食者，人皆震死。"雷公藏到地下，竟然变成了像猪一样的动物，吃起来还颇为美味。这想象力，真是让人哭笑不得。为了证明自己所言不虚，还煞有介事地强调，雷公虽好，却不能与黄鱼一起吃，不然天打雷劈！这可以说是人类最早的"避雷指南"了吧。

不过，对一个农牧民族来说，"猪"实在是个让人讨厌不起来的可爱比喻。的确，雷是凶残的，也是可爱的。雷带来了春天，也带来了一年的盼头。韦应物说"微雨众卉新，一雷惊蛰始"，陈允平说"一阵催花雨，数声惊蛰雷"，仇远说"坤宫半夜一声雷，蛰户花房晓已开"，一声春雷响，是春草初生，是春林初绿，是姹紫嫣红，是鸟语花香，是春耕春忙，是希望的萌芽。

于是，当人们身处严冬，最渴望听到的，就是那一声春雷。清道光四年，正是鸦片战争前的十余年，清政府腐败黑暗，已陷入绝境。诗人张维屏在初春时节，写下一首《新雷》：

> 造物无言却有情，每于寒尽觉春生。
>
> 千红万紫安排着，只待新雷第一声。

经历过漫长的寒冬后，经历过几次革命和战乱，1949

年，中国的春天终于来了。而每当一年寒尽春生、春雷乍动时，又何尝不是在提醒人们，无论寒冬多长总会过去，春天一定会到来。

03　迎春：金英翠萼带春寒

北方干冷，春天来得晚，梅花是开不了的，所以报春的任务，只得落在迎春花身上。每年立春后，公园道路两旁，小区的绿化带里，一点点明快的金黄色就一天胜一天地亮起来，很快铺成明晃晃一大片，泼辣，热闹。这些迎春花很好养活。

在古人眼里，迎春花不是什么高格调的花。它花型小，花枝低矮杂乱，偏又开得密，与梅花那种枝干遒劲、花朵疏密有致的风雅大相径庭。花朵既没有鲜艳的红色，也无香味，剪枝拿来作为案头清供，实在令人觉得寡淡无趣了些。总之一句话，太"土"。然而，北方的园子里却偏偏少不了它。明代王世懋曾在《学圃杂疏》中一语道破："迎春花虽草本，最先点缀春色，亦不可废。"看，虽不是国色天香，却胜在先占一片春色。到了桃红柳绿的时节，虽不会再有人记起那一枝金黄，但东风乍起时的一朵黄花，却往往比春风和煦后的漫天桃李更令人欣喜。再雅致的园子里，也总该给它留个地方吧，让它早早地唤醒沉睡一冬的眼睛，不然岂不是在一开始就输给了别人，让人笑一句"春光怎占得先"了？

诗人咏富贵的牡丹，咏娇俏的桃花，也咏弱不禁风的梨花，却少有人咏这质朴的迎春花。唯有白居易，作过一首《玩迎春花赠杨郎中》，算是让迎春花得了个知己：

金英翠萼带春寒，黄色花中有几般？
凭君语向游人道，莫作蔓青花眼看。

金色的花瓣，翠绿的花萼，春寒犹在时就已开放，这种黄色的花，在百花之中又有多少呢？劝游玩赏花的人啊，千万不要把它当作普普通通的白菜花看待！

在白居易眼里，这平淡无奇的迎春花，自有其可人之处。事实上，又何止是迎春花，一切别人以为平凡的、朴实的、乡土的，在这位大诗人眼中，都有着不能被埋没的闪光点。传说白居易作诗，常拿给老妪诵读，对她不懂之处加以修改，直到不通诗书的老妪能读懂，方能算作好诗。白居易一直认为，"文章合为时而著，歌诗合为事而作"，他不希望自己的诗仅仅是装点盛世的工具，而是要担负起社会教化的作用，给社会最底层无法拥有富足精神生活的普通人，带来教育和美的体验，就像是迎春花，不愿做万芳丛中娇艳的一枝，而偏要去装点最荒芜的早春，开在触手可及的最低处。也正是如此，他的诗才能够广为流传，有了"童子解吟长恨曲，胡儿能唱琵琶篇"的盛况。苏轼曾对这些质朴的诗颇有微词，提出"元轻白俗"的说法，然而年迈之后，却渐得其中趣味，以至于常以白居易自比，留下"定似香山老居士，世缘终浅道根深"这样的句子。

赏花亦如赏人，花品也是人品。能懂得迎春花质朴甚至略带点"土"气的好处的人，自是对这片土地爱得深沉。

04　桃花：桃红又是一年春

有一年的桃花开得特别早。

其实桃花本就开得早，不过不是那种粉艳艳的碧桃，而是山桃。每年的二月份，东风一吹，空气里有了些萌动的暖意，某个清晨你走在北京的街头，不经意间向路边一瞥，也许就看到一树山桃花撞开一片春光。北京的春天，往往就是这样开始的。山桃花小而色淡，远远看来，是极浅淡的粉白色，算不得多么娇艳。但在一片枯槁的早春，见到这么一枝山桃花，已经是足够让人愉悦的事情了。

北京到底还是太冷，开不了梅花，好在有山桃来填补初春的这段空白。桃花与梅花，从血缘上看，也算得上是远亲了，花型花色也有五分相似，但说来奇怪，在中国人眼里，这两种花实在是相去甚远。孔尚任有一部《桃花扇》，写的是李香君与侯方域一段荡气回肠的爱情故事，李香君血溅诗扇，血痕被点染作桃花，故名"桃花扇"。这扇就只能叫做桃花扇。若是叫了"梅花扇"，便总觉气韵不太对，不是那么个味道了。梅花也好，但就是比桃花多了那么一点孤绝，少了那么一点温存。梅花清瘦，桃花丰腴。梅花是林中高士，桃花是月下美人。梅花是疏疏淡淡的五言绝句，桃花是咿咿呀呀的吴侬软语。中国人真是有趣，看花竟如同看人一般，看得出气质，看得出风骨。

说到气韵风骨，最懂得其中妙处的还是曹雪芹。曹公安排妙玉陪伴栊翠庵的梅花，又让黛玉歌咏沁芳亭的桃花，当真是神来之笔。妙玉是冷的，黛玉是暖的；妙玉在红尘外，黛玉在俗世里；妙玉是一枝绿萼梅，孤芳自赏，凌寒独自开，而黛玉终究是多情的绛珠仙子，逃不过儿女情长的羁绊，抵不过花开花落的轮回。

桃花最易落，一阵东风，一地残红。于是人们喜爱以桃花比女人，为的就是取一个韶华易逝、红颜多舛的意思，"一朝春尽红颜老，花落人亡两不知"。然而桃花又何尝不是勇敢的呢？惊蛰以前的北京，春寒料峭，万物萧条，是连梅花都不敢涉足的"禁区"，而桃花却敢开。我曾在圆明园的废墟上意外邂逅了漫山的山桃花。它们纤长的枝干高高地举向天空，每一根枝桠上都密密地开满淡粉色的花朵，开得那么恣意而潇洒。一阵并不温柔的寒风吹来，它们自在地舞动起枝干，花瓣洒落，漫天飞舞，竟毫无一点矫揉造作之态。对山桃来说，花开花落，本就是不足挂心的事情。繁花似锦的容颜，不过是它们生命的一个瞬间，虽然值得骄傲，却无须留恋，更无须感伤。盛开，凋零，结果，它静静地生长在这里，这就是它存在的意义。

桃花的哲学很简单：既然开了，就开它个轰轰烈烈，热热闹闹。

圆明园，这个被战争遗留下的园子里，竟有这样好的山桃花，这倒颇有些意思了。桃花，女人。战争原本应该让女人走开，可有时候，女人偏不。蒲苇韧如丝，女子弱质，然而在巨大的苦难面前，偏偏是柔弱的女子，最具那拧不断折不弯的一股劲儿。黛玉为了自己所珍视的爱情，为了她所认定的生命的意义，在这场她与传统礼教、与世人口舌的战争中，即使哭干了眼泪也在所不惜，即使冒着天下之大不韪，也不会有丝毫的妥协。人人皆云黛玉娇弱，可在那个时代里，黛玉做的事，又有几个男人能做到呢？黛玉在《桃花行》中所写的桃花，虽然逃不过"泪干春尽花憔悴"的结局，却也有过"雾裹烟封一万株，烘楼照壁红模糊"的热烈，而这，就够了。毕竟，又有多少生命，能够如此呢？

让李香君被人铭记的，也是战争。当杨龙友送来财物笼络侯方域，她义形于色，退回妆奁。当阮大铖逼迫她嫁给田仰为妾，她以死相抗，血溅诗扇。她从始至终，都在为自己所认定的一切坚守、抗争，拼尽全力，为了爱情，为了家国，为了大义。她身处"商女不知亡国恨，隔江犹唱后庭花"的烟花之地，却从来不曾自轻自贱。她知道自己深爱的是什么、珍视的是什么，知道自己的生命为什么而存在。当男人们纷纷向新政权折腰，唯有这个微不足道的青楼女子，还在敝帚自珍，把自己所认定的一切，看得重于生命。

青溪尽是辛夷树，不及东风桃李花。

"秦淮八艳"，这个具备一切让人浮想联翩的特质的狎昵名字，因为这一点点刚毅，变得高贵、纯洁、不可侵犯。然而她们与男人不同，她们自知不能封侯拜相，不能留名青史，她们这样做也不图什么，只因为人活一遭，本应如此。唯有这种发乎本能的正义感才尤为可贵，才能无论面对怎样的强敌和重压，也无法改变。

柳如是，秦淮八艳之首，无数名士争相结交的名妓。

与钱谦益相识后，二人不顾世俗的嘲笑和白眼，结为伉俪。崇祯十七年，朱由检吊死煤山，从此大明朝支离破碎，福王朱由崧逃至南京偏安一隅。此时的秦淮河，依旧是一副"狂歌纵饮今日事，最销魂处是金陵"的奢华萎靡，也遍地是"我死后哪管他洪水滔天"的蠹贼。柳如是目睹着清兵破城后屠杀手无寸铁的老百姓的惨状，内心悲愤无比，劝钱谦益一起投湖明志。初夏的夜晚，二人泛舟荡入西湖，饮下了一壶酒后，柳如是平静地拉着钱谦益的手，准备一起投入湖中。而钱谦益却退缩了，他以湖水太过冰凉为由拒绝投湖。柳如是"奋身欲沉池水中"却被钱谦益抱住，看透了世态炎凉的她，投入了反清复明的事业中。风雨如晦的乱世里，多少男儿瞻前顾后想做而不敢做的事情，她一个女人却做到了。

近日西泠夸柳隐，桃花得气美人中。

女人，也许说不出多少"舍生取义"的大道理，但女人做到了。

桃花红了，又是一年春天。你问桃花为什么开得这么炽烈，桃花笑笑，什么也没有说。

05　玉兰：粉腻红轻样可携

　　院子里新种了许多玉兰，这些天一起开花了。我以前是不爱玉兰的，但每天来来往往，不免要多看几眼，看得久了，竟觉得也有几分可爱。

　　玉兰有两种，一种是春天开花的白玉兰，也有紫色的，但花期和花型相差不远，树瘦枝长，开花时有花无叶。另一种广玉兰开在初夏，树形丰腴，叶片宽厚，终年碧绿，花开时像朵藏在绿叶间的白莲花，清香扑鼻。虽然都叫玉兰，但实际上两种花相差甚远。

　　读高中时，教室门前种着一整行广玉兰，每到临近期中考试的时候，黄昏时总会吹起温暖的南风，也吹来玉兰的香味。我从小爱花，那时候小城里的花草多半是"花木成畦手自栽"，孩子们也没什么不能攀折花木的禁忌，春天里，我常折一些开在野地里的桃花杏花回家，也折过邻居家门前的两株重瓣樱花。那樱花粉团似的，开得极美，两棵高大的树上密密地挤满硕大的花朵，折一两枝下来，主人也并不在意。但我却从没有折过广玉兰。不是没动过心思，而是广玉兰长得太高大，花开得高，看花只能远观或者仰头，要折下一朵来，实在困难。唯独有一回，一枝刚刚绽开的玉兰花低低地垂到了触手可及的地方，挑逗着我不安分的心。我央求班里高个子的男生帮我折了下来，留了七八厘米的枝干，带两片绿油油的叶子，洁白如玉的花朵娇嫩可爱。我如获至宝，急忙找来一个墨水瓶，清洗干净，装满清水把它养了起来，摆在了书桌的角落里。没想到，一个晚上还没过去，"相看两不厌"的期待就变成了"若只如初见"的怅惘，原本饱满莹润的花瓣，以肉眼可见的速度一下不可逆转地变黄、凋零，"无计留春住"。我才知道，原来玉兰花是很难瓶插的，只要离开了树，它就注定枯萎。

从此，我对玉兰敬而远之，再不动什么攀折的心思，也难以投入什么特别的热爱。白玉兰虽不是广玉兰，却也被殃及。

在北京，白玉兰是很常见的花，摄影师喜欢拍红墙映衬下的玉兰花，但我总觉得不那么好看。张爱玲说玉兰花"像污秽的白手帕"，话是毒了些，但我觉得还真有几分像。

但院子里的这些玉兰树，确实是可爱的。我发现，玉兰好看的并不是单朵的花，而是一整棵树。玉兰树修长挺拔，枝桠根根向上，却不是杨树那样的笔直，反而婀娜柔美，舒展从容。花朵也是向上的，像一朵朵点燃的小火苗，亭亭地立在梢头。有风吹过时，瘦长的身形微微摆动，克制而内敛，花瓣随着枝干的节奏飘摇，像翻飞的裙摆。

我见过有人把玉兰种在竹林旁，并不好看。竹子在风中的摆动太过恣意，像大开大合的剑舞，而玉兰只是微微颔首展臂，一二三四、二二三四，像极了一位训练有素的芭蕾舞者，轻盈、自信、优雅。中国的花木中，会跳芭蕾的并不多，所以玉兰花最适合的栽法，还是自成一片。它们一起在春风中摇曳的时候，仿佛办起了一场盛大的舞会，像《天鹅湖》中在夜色里挽着手起舞的一群白天鹅，静谧而圣洁，真是好看极了。

"木末芙蓉花，山中发红萼。涧户寂无人，纷纷开且落。"王维在辛夷坞看到的，应当就是这样的景象吧。古人把紫红色的玉兰花叫做"辛夷"，这个名字不知究竟是如何得来的，但读起来总觉得音律和谐，优雅安宁，当真是个好名字。如果你去中药铺子里抓一味辛夷，得到的会是一把杏核大小的棕灰色毛球，细看两眼，你会想起某个凛冽的冬天里，你曾在一棵光秃秃的树上见过它们，在冬日的阳光里，细密的茸毛泛着柔和的金色光泽。这就是玉兰的花苞了。老北京有手艺人用它做"毛猴"，辛夷做身子，蝉蜕做头和四肢，活像个尖嘴猴腮的猢狲。以前北京的庙会上，"买猴料，粘毛猴"是必有的一景，无论穷人富人，都必给自家孩子买一只毛猴过年，可以说是最古老的"手办"了。

带着一小截木柄的辛夷，真的像极了一支小小的毛笔，所谓"软如新竹管初齐，粉腻红轻样可携"，因此，诗人们也将它叫做"木笔花"。这可就有趣了。

《开元天宝遗事》记载："李太白少时，梦所用之笔头上生花，后天才赡逸，名闻天下。"从此，"梦笔生花"成了每一个读书人的梦想。而这辛夷树的木笔，是真的可以生出花来的。陈继儒曾有诗云："春雨湿窗纱，辛夷弄影斜。曾窥江梦彩，笔笔忽生花。"当一场春雨后，毛茸茸的花苞绽开，花瓣"破茧而出"，纱窗上的花影温润迷离，摇曳生姿，这般景象，宛如梦中。如果不曾亲眼见到，也许没有人会相信这一朵朵玉兰花竟是那曾经其貌不扬的"毛猴"，就像没有人会看到一朝成名后的十年汉川，也没有人知道，原来优雅动人的芭蕾舞者，曾有过多少艰辛和苦痛。

玉兰花终究还是美的。无需什么"芝兰玉树"的彩头，更不必理会"玉堂富贵"的彩头，单单是这花苞蛰伏一冬后的绽放，便已足够动人心魄。

06 杨柳：一树春风千万枝

世上有两种颜色最难描绘清楚，一样是杨柳的绿，一样是杏花的红。

《声律启蒙》有句："两岸晓烟杨柳绿，一园春雨杏花红。"然而细想，这杨柳是怎样的绿？杏花是怎样的红？怕是一百个人能想象出一百幅画面。杏花的花苞是红色，随着花瓣绽开，颜色会日渐变浅，最终开成一朵粉团，像透着娇羞的少女的脸。而杨柳的颜色，就更多了。起初是枝条开始泛黄，并不明显，只是浅浅着一层淡黄色，所谓"诗家清景在新春，绿柳才黄半未匀"，就是这个时候了。没两天，柳叶抽出芽来，是更明媚一些的鹅黄色，白居易说"一树春风千万枝，嫩于金色软于丝"，其实算不得太贴切，单看这一句，写得倒更像是连翘花一些。当然拿黄金写柳色的也不止他一个，李白有"昨夜东风入武阳，陌头杨柳黄金色"，温庭筠有"杨柳千条拂面丝，绿烟金穗不胜吹"，我觉得都不太好，柳黄色与金黄色实际相去甚远，拿来相提并论，实在是有些无理了。只能说这些"直男审美"的诗人，终究还是难以分清颜色间的微妙区别吧。不过也有可能，古人就偏爱这样金啊翠啊的比喻。等到柳黄成了柳绿，他们又说"碧玉妆成一树高"，说"晚凝深翠拂平沙"，终究也离不开这些金玉。

其实，拿金玉来比杨柳，还真是折煞它了。丰子恺说，杨柳是"贱"的。它不需要什么特殊的肥料，还有木材供人使用，哪里有一点矜贵的样子？说它是树木里最不惹人心疼的也不为过，不然鲁智深要秀肌肉，为什么偏偏选中了一棵垂杨柳呢？无非是少这么一棵树也没有谁会在意罢了。《红楼梦》里，莺儿带着蕊官、藕官摘大观园里的嫩柳条子编花篮，被何婆子叫打叫骂，演出不大不小一出闹剧，当真是小题大做了。柳条子长得快，本就该折了去用的，宋人取柳条"火逼令柔曲，作箱箧"，柳编的篮、筐、杯、盘、笸箩、簸箕，一直是物美价廉的日用品。编几只花篮又能用去多少呢？真不过是九牛之一毛。

我们小时候摘柳条，也是从来都没有手软过的。不论柳树长得多高，它的枝条总是向下的，你走过时，它就从你的头上脸上拂过。小孩子个子矮，但触手可及的地方也总有些长得好的枝条垂下来，挑带着穗的那种，抓住末端猛地用力，一条柳枝就到手了。柳叶完全展开的那种是不行的，一来太粗壮，费尽气力也难摘下，二来那种枝条不够柔软，柳叶不够脆嫩可爱，并不好看。摘下来三五条，就能编成一个柳条帽。然而这没顶没沿的"帽子"，戴上究竟有什么作用呢？终究也是无用的，孩子们玩够了，也就随手丢掉了，他们并不觉得可惜，他们的快乐是从摘和编中来的，至于那几根柳条，实在是敝帚自珍不起来。

然而，"贱"归"贱"，可无论是多么"高雅"的景点，都忘不了种些杨柳，也不为别的，无非是这树太好看。其实杨柳不像金也不像玉，像什么呢？像烟。你在初春时远远地看一棵柳树，会发现它的黄色或者绿色，绝不是涂满整个树冠，而是就那样疏疏淡淡地悬在空中，像晕染开的一片淡彩，仿佛风一吹就会散开，"含烟一株柳，拂地摇风久。"纵然是到了满树碧绿的时候，杨柳的绿也是灵动的。它不像松柏那样深沉，也不像梧桐那样庄重，细长的叶子和柔软的柳枝变成一张绿色的网，飘飘摇摇，舞腰翩跹，在风中极尽婀娜。没错，"婀娜"这个词，杨柳最当得起。"樱桃樊素口，杨柳小蛮腰""十里东风，袅垂杨、长似舞时腰瘦""细腰肢自有入格风流"……杨柳，春风，舞腰，寥寥数语就满足了多少文人暧昧的想象。

但也有人看不惯。曾巩曾作《咏柳》："乱条犹未变初黄，倚得东风势便狂。解把飞花蒙日月，不知天地有清霜。"其实这话可冤枉杨柳了。杨柳何尝想过要仗风而狂？纵使垂髫小儿，也能毫不费力地折下它的枝条。经历过多少个"已带斜阳又带蝉"的清秋时节，它又何尝不知天地有清霜？只是，难道自知卑贱，就不能起舞吗？自知脆弱，就不能坚韧吗？自知终将迎来秋天的凋零，就不能享受春天的生长吗？

又何止是杨柳。哪一个平凡的生命，不是如此呢？

07 荠菜：时绕麦田求野荠

记忆中的春天，从一棵荠菜开始。

随着人慢慢长大，许多小时候模糊不清的记忆，会在你一次一次的回想中，打乱又重组，最终让你忘记原本真实的是什么样子，共同交织成一个个似是而非的故事。但，记忆本就与他人无关，也就无所谓真实与否，总之那些最终留下来的，就是属于你的童年回忆。关于荠菜，我脑海中留下的故事，要追溯到孩提时代的外婆家。

外婆家在苏北的农村。从我家一路向南，过了城市的马路，过了两边有高大杨树的省道，再过一座对汽车来说稍显狭窄、桥头写着"危桥"的石板桥，从苞米地中泥泞的小道穿过去，然后就听到犬吠和羊叫，看到一片泥瓦房，外婆家就是那其中的一间。有一年，三四岁的我随母亲来送年礼，贪图和表姐玩要不想回家，大人拗不过我，也就把不在外婆家过年的老规矩放在了一旁，让我留了下来，这一留就到了春天。我记得梁上突然有了小燕的呢喃，记得河滩上渐渐长出了浅浅的嫩草，记得院子里一棵高大的桐树开满了紫花，记得坐在田边看犁地的老牛。犁过的田地，湿漉漉的，散发着泥土的香气。表姐不让我去踩，带我到田埂上找野花野菜。

"这个是蒲公英，这个是苋苋菜，这个是猫儿眼，掐开会流白汁，不能碰。"

"这个小白花呢？"

"这是荠菜，可好吃。"

"摘回去让外婆煮吧。"

"开花了，老了呢。"

于是，荠菜就成了一道求之未得的美味。然而，小孩子的世界有那么多新奇的东西等着去发现，回家后我也就渐渐忘了这个开白花的小野菜。大人呢，从来是把挑嘴的我"脍不厌细"地喂着，更不会想到把野菜做来给我吃了。这一拖，就是十几年，真正吃到荠菜，已经是高三那年了。

山东的学生，一年到头难得清闲，立春后，残余的几天寒假，就是唯一的踏青时节。父亲把我从作业堆里拉到近郊的田野"歇歇眼"，说是"草色遥看近却无"的一年春好处，其实春寒犹在，远没有到桃红柳绿的好时候，除了刚刚破土的青绿麦苗和不再刺骨的东风，并没有多少春天的踪迹。父亲在田里走着，我惦记着家中没读完的书，无精打采地跟着。突然他蹲了下来，神秘兮兮地叫我来看他发现的"宝贝"。我俯下身，看到的是一棵黑黢黢的小草，十来根锯条似的叶子贴着地皮，聚成一圈，不红不青，满身泥土，更靠上的一圈叶片青嫩一些，但依然是干巴巴的，实在算不上是什么相貌出众的植物。父亲说，这是荠菜，用它包饺子好吃着呢。我一下子来了兴趣，小时候那个被搁置了许久的小心愿，像蛰伏了一冬的小虫听到了春雷，又开始蠢蠢欲动了。于是这个下午，我们搜遍了整片田野，父亲挖了一袋荠菜，我跟着他说啊笑啊，挖了一把分不清是不是荠菜的野草野菜。

回家把菜交给母亲，晚饭桌上，有了一大盘荠菜饺子。那带着淡淡泥土味的清香的滋味，混合着猪肉的油润，从舌尖沁到心头，在随后的多少年里，都在我的记忆里挥之不去，每过一次春天，就变得更加强烈一些，不知不觉，竟酿成了一段乡愁。

自从高三毕业，离家求学，一晃又是十来年。自此，在家乡过一个春天，变成了奢望。北京的食堂和餐馆，自然不会有荠菜饺子这种不太上得了台面的野菜，学校寒假又短，常常是过了初五就匆匆返校，于是不知是从什么时候起，我给母亲念叨得最多的食物，从家里的白灼虾、葱油鱼、红烧排骨，变成了荠菜饺子。直到有一年暑假回家，发现母亲端出了一盆青绿可人的荠菜，我喜出望外，问她这个时节怎会有荠菜。一旁的父亲笑着说，你妈知道你爱吃，刚开春就去挖了一大盆，煮熟冻好了，等着你回来。那天的荠菜饺子，不知怎的那样好吃，以至于我忘记了野菜吃太多会腹泻，险些把自己吃进医院。后来母亲提到这事儿，总笑着说我是个"只认吃的憨丫头"，我笑嘻嘻地应下，心里想，这就是我的"莼鲈之思"呀。

再后来，我逐渐适应了北京的生活和饮食，但每到春天，荠菜还是在心头作痒。当北京的玉兰鼓出花苞，我总会对张先生念叨，是吃荠菜饺子的时候啦。张先生是土生土长的东北人，只识大米饭和锅包肉，不屑地说野菜有什么好吃的。于是我搜遍京城，找到一家山东老板开的饺子馆，带着他吃了一顿荠菜猪肉水饺。他吃了一个，把碗一搁：有点茴香味儿，比我们东北大馅儿水饺差远了。我听闻此言，忍住了嘴边一番批判人工种植荠菜之寡淡的言论，不屑地说，俗人才不会懂我的"莼菜"。

2020年春节，我们被突如其来的疫情困在了山东老家，入春多日，依然行动不得。某天，父亲下班回家，竟然带回满满一桶荠菜，说是执行任务回来时，路过一片荒地，看到荠菜长出来了就挖了些。我喜不自禁，开始理一团团灰头土脸的荠菜，才发现这东西原来这么难择干净，真不知道母亲当年一个人是怎么一棵一棵择出那样一大盆的。母亲一边帮我择菜，一边说，年前你爸听你念了一句想吃荠菜，一直惦记着，戴着口罩去挖了这么多，不知要费多少力气。我没接话。我怕牙根一松，已经在眼眶里打转的眼泪会掉下来。

第二天一大早，我和张先生全副武装地去了市场，买了一块膘肥肉厚的新鲜五花肉。回到家，张先生给肉去了皮，甩开膀子细细地剁成肉馅，母亲拿出焯过水的荠菜，切碎了拌进去，加入食盐、胡椒粉、十三香调味，全家动手，说说笑笑间包成了形状各异的饺子，大锅烧开水，下入一只只胖乎乎圆滚滚的饺子，三开三点水，出锅。

这下，原本嘴上说不爱吃荠菜的张先生，比我还多吃了一碗。

我知道，从这天起，怕是要多一个人和我一起分享这"莼鲈之思"了。

08 杏花：道是春风及第花

铁马秋风塞上，杏花春雨江南。若论风流妩媚，无花能及杏花。

杏花这一身"风流债"，向上算来，叶绍翁怕是难辞其咎。"春色满园关不住，一支红杏出墙来。"诗人笔下好端端的一枝报春红杏，不知怎的，竟被后人演绎出"红杏出墙"这么个暧昧的成语，杏花有知，大概也会哭笑不得吧。

不过，这账其实也不能都算到叶绍翁头上。杏花开在阳春二月，此时早已冰雪全无，风清日暖，杏花又一向是蜂围蝶舞的做派，不似梅兰竹菊的君子淑女之姿。阳光晴好的天气里，高墙内探出的一枝风情万种的红杏，恰似红袄绣鞋的娇娘喜笑盈盈，怎能不叫人浮想联翩？事实上，早在叶绍翁之前，也有不少人写过探出高墙的风流红杏，比如唐代花间派词人温庭筠，本就词风旖旎多情，写起杏花来，更是得心应手：

红花初绽雪花繁，重叠高低满小园。

正见盛时犹怅望，岂堪开处已缤翻。

情为世累诗千首，醉是吾乡酒一樽。

杳杳艳歌春日午，出墙何处隔朱门。

再往近了说，同处南宋的另一位诗人张良辰也写过："谁家池馆静萧萧，斜倚朱门不敢敲。一段好春藏不尽，粉墙斜露杏花梢。"这一首，与叶诗显然就更有渊源了。也是满园的红杏，也是一样的高墙，也是一般藏不住的春色。这也难怪，如果你见过二月里怒放的杏花，看到过那一树丰腴袅娜的花朵，如烟如霞的红红白白，闻到过杏花的脂粉香味，你就会发现，这场景真就是那样的喧嚣热闹，风情万种。

不过说到底，杏花也不总是要"出墙"的。从"小楼一夜听春雨，深巷明朝卖杏花"，到"沾衣欲湿杏花雨，吹面不寒杨柳风"，从"风吹梅蕊闹，雨红杏花香"，到"暖风迟日也，别到杏花肥"，在不同的诗人笔下，杏花可以是温柔的春天，可以是活泼的少女，也可以是柔软的希望。

要说希望，杏花开时，对古代的读书人来说，还真的是充满希望的时候，因为古时候的会试就在这个时候进行。会试相当于如今的高考，自然颇受重视。唐代时，人们每年都会开盛会庆祝新科进士，称为"曲江会"，而这场杏花盛放的集体宴会，可以说是许多读书人的终极梦想了。唐代诗人郑谷就曾特地作《曲江红杏》，记录下了这一盛况：

> 遮莫江头柳色遮，日浓莺睡一枝斜。
>
> 女郎折得殷勤看，道是春风及第花。

"及第花"这个名字，也从此成为杏花的"雅号"。

中榜了自然是春风得意，那不幸落榜了呢？落榜的人，也写杏花，不过这回可就是"杏花零落"了。张籍的"今日春光君不见，杏花零落寺门前"，唐伯虎的"桃叶参差谁问渡，杏花零落忆题名"，都是此意。

但也有例外。郑谷的好友高蟾家境贫寒，累举不第，但这并不是因为他资质平庸，而是晚唐的科举制度徇私舞弊已颇为严重，为人光明磊落的高蟾又不肯同流合污。在一次落榜后，他想象着曲江宴上的热闹景象，怀着无限酸楚和怨愤，也向高侍郎赋赠了一首红杏诗：

> 天上碧桃和露种，日边红杏倚云栽。
>
> 芙蓉生在秋江上，不向东风怨未开。

原来，那正春风得意的红杏，是因为有云可倚，而他这朵秋江芙蓉，却受不到东风的眷顾啊！这首诗还真的打动了高侍郎，在他的大力举荐下，高蟾第二年就看到了曲江的杏花。

可见，杏花本是一样的花，到了不同人眼里，也就开出了不同的样子。王国维说"以我观物，物皆著我色彩"，想来就是这个道理。

赏花，终究赏的还是一份心境吧。

09　昼夜：日月阳阴两均天

　　驾车驶在回家的高速公路上，两侧的路灯不经意间亮起。看一眼手表，6点钟。突然一阵欣喜，春天真的来了。

　　对我来说，能够预示四季变迁的，温度倒在其次，昼夜的长短才是最显而易见的标志。中国人对日夜向来敏感，《击壤歌》里说："日出而作，日入而息。凿井而饮，耕田而食。帝力于我何有哉。"在一次次的日出日落中，日夜看似势均力敌，却又在此消彼长，在一场又一场较量中描绘着时间的长度。

　　日出日落，随遇而安，这种悠然的心境也许注定只属于远古的先人。当人类在日月更迭中成长，心事也随之而来，于是，人对昼与夜，逐渐有了不一样的体悟。有些夜晚很长，但它却很短；有一些夜晚很短，但它却很长。

　　夜，向来是个充满暧昧的词汇。它是安宁，是静谧，是深沉，是浪漫，是黑暗，是清冷，是孤寂，是阴森，是神秘。它是寒风吹雨，是烛影摇红，是月黑风高，是灯火辉煌，是迢迢更漏，是耿耿星河。它是"罗衾不耐五更寒"，是"长夜沾湿何由彻"，是"花有清香月有阴"，是"铁马冰河入梦来"。它包庇着罪恶也呵护着温存，它是褪尽浮华后的另一种喧嚣与热闹，是可能背后的可能，是希望之上的希望，是平静下的汹涌暗流。

我以前不喜欢夜晚。对一个孩子来说，夜意味着剥夺。你要放学回家，要完成作业，要吃你不那么爱吃的晚饭，要早早地上床睡觉，要按照大人的意愿，躲避那些隐藏在黑夜中的种种未知的危险。这当然都是令人不满的，但对黑暗本身的恐惧，却又远在这些之上。

在农村的外婆家，夏天的傍晚是我最喜欢的时刻。凉风吹走一天的燥热，昏黄的阳光把影子越拉越长，归巢的鸟儿轻盈地掠过树梢，袅袅的炊烟为屋顶打上了一圈柔光，空气里的柴火味渐渐变浓。这时候真好呀，好到舍不得它过去，好到年幼的我总以为偷走了它的夜晚是蛮横的恶魔。有一回，就是在这样一个黄昏，表姐带着我坐在院子里的凉床上，新收的大蒜在旁边堆成了小山。把大蒜去头去根，剥掉外层粘着泥土的薄皮，是那个小村庄初夏里每家每户最重要的农活。她一边做着手里的活，一边和我说笑着，不知不觉间，天色暗了下来，一钩新月挂上了天边，远处的景物，也渐渐隐入了夜色。突然间，我听到不远处堆积的蒜皮发出窸窣的异响，仔细一看，一只肥硕的蟾蜍正从水渠中探出头来，向蒜皮堆里爬。我吓坏了，抓起一只蒜头砸向它，没想到蟾蜍不但没有后退，反而笨拙地向着我的方向挪动了几下，吓得我嚎啕大哭。表姐倒是笑了，一边安慰我，一边起身找了把铁锹，把它连带着一堆蒜皮，一起铲进了水渠。从此我怕极了黑夜，我总觉得，在无边的黑暗深处，潜伏着一只巨大的蟾蜍在伺机而动，它吞噬着所有的光，也觊觎着一切走入黑暗的事物。后来读到"蟾蜍蚀圆影，大明夜已残"，知道了"蟾蜍食月"的传说，终于算是为自己对黑暗和蟾蜍的恐惧找到了点牵强附会的共鸣。

第一次懂得黑夜的好处，是在大学毕业那一年。我们的毕业旅行选在了内蒙古海拉尔，高纬度的夏天，白昼格外地长。在这里的第一个晚上，9点钟，竟发现日头尚高，于是忍不住一阵狂喜。年轻人，当然是闲不住的，东奔西走到天色渐黑，回屋时已是午夜。本以为可以痛快地睡到日上三竿，却没想到，当我们被刺眼的阳光唤醒，却才是凌晨 4 点钟。不禁苦笑，在这样的地方，海棠花怕是每天都该不眠了吧。于是恍然，原来黑夜最大的好处，是让你把时间还给自己。白天，你总不能拒绝朋友的邀约，总不能拒绝邻居的叨扰，总不能拒绝自己出门看一看的欲望，毕竟，这大白天的。而只有当夜幕笼罩大地时，你的时间，才终于可以名正言顺地属于自己。

所以，黑夜是灵魂的修罗场。元丰二年，苏东坡因"乌台诗案"被贬黄州，开始了他一生中最艰难的时期。我们不知道，苏东坡在黄州究竟经历了多少个无眠的长夜，但其中的三个，却永远值得回味。元丰五年七月十六，"苏子与客泛舟，游于赤壁之下"，留下了《前赤壁赋》。元丰五年十月十五，"携酒与鱼，复游于赤壁之下"，留下了《后赤壁赋》。元丰六年十月十二，与张怀民游承天寺，把那幅"庭下如积水空明，水中藻、荇交横"的夜景写入了多少后来人的梦。在一个个夜晚里，东坡看过白露横江，看过山高月小，乘过舟，饮过酒，散过步，写下过盈虚消长的谈玄说理，记录过无所归依的幽微心境。就是在一个个这样的夜晚，苏轼构建起了属于自己的心灵家园，完成了与自己的和解。是黑夜，让苏轼成为了苏轼。

有趣的是，地球上的任意一个地方，一年的时间总是被白昼和黑夜均分的。有漫长白昼的地方，自会迎来漫长的黑夜，昼与夜的每一场较量，最终仍是势均力敌的。《红楼梦》里湘云曾这样论过阴阳："'阴''阳'两个字还只是一字，阳尽了就成阴，阴尽了就成阳，不是阴尽了又有个阳生出来，阳尽了又有个阴生出来。"而昼与夜，不恰恰是最好的例证吗？

中国人向来讲究个平衡之美，于是"日月阳阴两均天"的春分，也成了个颇具哲学意味的日子。《春秋繁露》说："春分者，阴阳相半也，故昼夜均而寒暑平。"这一天，白昼与黑夜和解，寒气与暑气和解，而人啊，是否也该在繁忙的白昼结束后，与自己的心灵来一次促膝长谈，体验久违的和谐与宁静？

10　梨花：人生看得几清明

　　若说桃花媚、杏花娇，那么梨花，最当得起的是个"白"字。

　　梨花白到什么程度呢？白到在文人中已成了一种标杆，形成了一种共识，百花之中，无出其右者。明清时人们也叫它"玉雨花"，说它洁白如玉，而杨基则在《北山梨花》中直接抛出"不愁占断天下白，正恐压尽人间花"的结论，多大的口气，天下的白色都被它占了！而这还不算过分，《红楼梦》中林黛玉写《咏白海棠》，这"碾冰为骨"的白海棠也不过是"偷得梨蕊三分白"，可见梨花的白，真的是"压尽人间花"了。

　　如果非要说有什么能和梨花比白，那也只有雪了，因此白雪和梨花也常常被诗人拿来"相提并论"。"忽如一夜春风来，千树万树梨花开"，这写的不是梨花，而"闻道郭西千树雪，欲将君去醉如何"，这写的也不是雪，着实有趣得很。而南北朝时范云的《别诗》则直接写"昔去雪如花，今来花似雪"，更是干脆囫囵一体了。但梨花比雪，还是多一种好处的，就是若有若无的清香。李白写"柳色黄金嫩，梨花白雪香"，丘为写"冷艳全欺雪，余香乍入衣"，元好问写"恨无尘外人，为续雪香句"，清冷的幽香仿佛飘出纸笺，读来仿佛唇齿生香。李渔在《闲情偶寄》中说："雪为天上之雪，此是人间之雪；雪之所少者香，此能兼擅其美。"深以为然。

正是因为这份无瑕的白，梨花总被安排和月色在一起，而这与同样常被诗人写到的梅花月色，又是截然不同的。梅花硬朗疏阔，清冷月色中，先闻其幽香，再见其虬枝，花朵纵是盛放亦不争不抢，错落有致地点缀枝头，观之如仙风道骨的林中高士。而梨花可就热闹多了，不着脂粉的素白花朵层层叠叠，温润如玉的花瓣泛着皎洁的月光，恍惚间竟似满树清辉，如绰约多姿的姑射仙子。晏殊诗虽大都不甚高明，但只一句"梨花院落溶溶月，柳絮池塘淡淡风"，便足以成就诗名。这"溶溶"二字，可以说是形神兼备，梨花月色的这般好处，都被这两字道尽了。而这溶溶月夜，也是许多诗人眼中春日最值得回味的景色。万俟咏有"见梨花初带夜月，海棠半含朝雨"，史达祖有"澹月梨花，借梦来、花边廊庑"，唐寅有"斜髻娇娥夜卧迟，梨花风静鸟栖枝"，只要有梨花和月亮入诗，便顿觉温婉纤丽。

而这般美好的梨花，一经风雨，飘零满地，更是让人平添几分忧愁。于是，无论是深闺仕女，还是骚客迁人，都难免生出一番感慨。"寂寞空庭春欲晚，梨花满地不开门"，这是宫人的春怨；"雨打梨花深闭门"，这是思妇的哀愁；"翻被梨花冷看，人生苦恋天涯"，这是游子的落寞；"惆怅东栏一株雪，人生看得几清明"，这是文人的感叹。而最哀伤的，莫过于白居易的《江岸梨花》：

> 梨花有思缘和叶，一树江头恼杀君。
>
> 最似嬬闺少年妇，白妆素袖碧纱裙。

是啊，在相思难耐的人看来，这素面朝天的梨花分明就是寡居闺中的少妇，如何能不令人忧伤？除了这一首，白居易还有首《寒食野望吟》，其中的几句，更是悲悲切切，读之泪下：

> 棠梨花映白杨树，尽是死生离别处。

冥冥重泉哭不闻，萧萧暮雨人归去。

让人哀伤的花不止梨花，但真正被写到死生大事上的花，还真的不多见，白居易此句直把梨花作灵堂。总觉得自从他以"梨花一枝春带雨"写过杨玉环，他眼中的梨花悲多于乐，大概也是因为《长恨歌》中凄美的故事让他对梨花有了心结吧。

其实，无论乐也好，哀也罢，终究还是因为那份纯净无瑕的美。极盛之时越美，飘零之日也便越让人哀愁，人生之事，大抵如此。然而，如果反过来想，悲伤之甚，无非是因为它曾经那样美好，是因为它曾给我们留下过"梨花院落溶溶月"的珍贵记忆，陪我们经历过"柳絮风轻，梨花雨细"的一个个春天，是不是也能让这份伤逝之情略有些安慰呢？梨花选择在清明前后盛开，想来也正有此意吧：逝去的值得怀念却无需沉沦，曾经绽放过的那些生命，也会化为生者心中的一朵梨花白，永不凋零。

11　青团：清明几处有新烟

　　每年清明节，朋友都会从上海寄来青团。

　　总觉得中国的每个传统节日，归根结底都只有两个目的，一个是祭祖宗，另一个就是吃。元宵节的汤圆、端午节的粽子、中秋的月饼、重阳的重阳糕……置办节令食品，是每个节日前最重要的仪式。而这些食物，大抵都是以糯米和糖为主料，混着些猪油起酥增香，在注重养生的当代人看来，无一不是"热量炸弹"。自从我发现了这个规律，就给这些食物起了个名字，叫做"节日垃圾食品"。这些平素里吃起来会有负罪感的食物，能够借着过节的幌子大快朵颐一番，实在是不小的乐趣。我这个"节日垃圾食品爱好者"一度不太喜欢清明节，其中一个重要的原因，就是清明似乎并没有什么可以解馋的小吃，直到我遇到了青团。

　　当然，这并不能怪我孤陋寡闻，因为青团确实是一种只属于江南的食物。只有春天的江南，才能孕育出那样的颜色。人们常说"青翠欲滴"这个词,而青团就是江南的春天滴出的一滴绿色的泪,比春山更嫩些,比春水更浓些,摆在白瓷盘子里,像戴在雪白腕子上的一汪油润的碧玉。这绿色,让你想到"长江春水绿堪染",想到"一螺青黛镜中心",想到"绿杨烟外晓寒轻",想到"长郊草色绿无涯",春天的山山水水花花草草,都在这颗绿色的团子里了。

这绿色来自艾草。或许也不止是艾草,麦青、草头、鼠曲草,反正春天的田野上绿色的野菜采也采不完,不拘是哪一种,都可以拿来拌上糯米粉,揉出碧绿的皮儿。明代郎瑛《七修类稿》里说:"古人寒食,采桐杨叶,染饭青色以祭,资阳气也。"可见桐杨树的嫩叶也是用得的。馅子有咸甜之分,咸的用腊肉、冬笋、香菇、豆腐一类的食材切丁过油,甜的则是豆沙、芝麻、糖桂花一类的,其实和汤圆也不差多少,毕竟同是"节日垃圾食品",逃不出那一口甜香软糯。

我第一次见到青团,是在婺源。四月初的婺源,菜花金黄,芳草如织,雾蒙蒙的细雨笼罩在山水间,把天地模糊成了一片绿烟。我和朋友从梯田上下来,钻进景区门口

一间简陋的棚屋躲雨。这是一间小吃店，显然在旺季时应
当是门庭若市的，但彼时尚未到清明假期，又逢雨天，棚
子里冷冷清清，和它的位置很不相称。店门口坐着一位阿
婆，看上去六十有余，但身子硬朗，手脚麻利，头上包一
方深蓝色的头巾，满是皱纹的脸上笑意盈盈，像极了我乡
下的外婆。阿婆的煤球炉上架着一口铁锅，锅边热着几个
糯米团子，青绿的颜色上密密地点染着些墨绿色的斑点，
应当是手打的草汁不太均匀的缘故。我对景区门口的小吃
向来敬而远之，但这种从未见过的奇怪食物还是激起了我
这个"吃货"的好奇心。阿婆用江西话对我说着什么，几
次请她放慢速度，我才终于听清了两个词——"清明粿""好
吃"。我在火炉前坐下，递过去十元钱，要了两个团子，
阿婆找回了七元，用箬叶包了两个递过来。一口下去，那
味道我至今也难以忘记。实在是记不清阿婆的清明粿用了
哪些馅料，也说不清究竟是何种滋味，只觉得咬上一口，
整个春天都在嘴里绽放了。暖烘烘的炉火，清明粿的清
香，带着我一起融化进了门外朦胧的江南烟雨。

后来的很多个春天里，我都会怀念起那年的清明粿，
只可惜找遍北京大大小小的糕饼铺，也再难遇上一回。直

到有一年春天，我到上海出差。依然是一个细雨绵绵的日子，我撞进了一家"沈大成"，突然又发现了那个绿油油的踪影。这回我才知道，"清明粿"是流行在江西的叫法，而江浙沪一带，喜欢叫它"青团"。艾草只有在清明前青嫩可食，所以江南的糕团店里，往往只在三月底到四月初短短的十来天里售卖青团，绝对称得上是"季节限定"了。

但是，这之后没多久，青团就突然间走红了。电视剧《伪装者》里，土生土长的上海大姐明镜给留学香港的弟弟明台打电话，说"沈大成的青团忘记拿了"，这一下可不得了，南方人被唤醒了乡愁，北方人被吊足了胃口，这种有着让人牵肠挂肚的魔力的小小青团，突然就火遍了大江南北。从此，吃青团变得不再困难，不仅南方的老字号能够包邮到家，连北方的超市里也偶尔能见到包装精美的青团。口味也与时俱进地多了起来。有一年杏花楼的"咸蛋黄肉松青团"成了万人空巷的网红美食，排队两个小时才买得到，真是令人咋舌。

不过，江南的艾草再多，怕是也填不满这么多人的胃口。后来我买到的青团，基本都改用了抹茶粉来做皮，颜色依旧是青青绿绿的，味道也好吃，但我总觉得，和早些年吃到的艾草团子比，还是差了点意思。

但转念一想，这样也好。在吃这一点上，我一向信奉"独乐乐不如众乐乐"，毕竟调难调的众口，才是食物进化的动力。多少年过去，月饼都变出了甜的、咸的、鲜肉的、奶黄的等诸多花样，青团包个咸蛋黄，又有何不可呢？与逐渐消逝的传统相比，成为"不正宗"的网红，毕竟还是要好太多了。

12 新火：且将新火试新茶

城市里长大的孩子，向来对火缺少感情。在他们眼中，火不过是天然气的开关咔哒一拧，灶台上跃起的蓝色火苗，是打火机在生日蛋糕上点燃的一圈蜡烛，是化学实验课上的一盏酒精灯，有着精确的内焰和外焰，灯帽一扣，忽地就熄灭了。而在农村，可远不是这样。

在农村，生火是一门学问。什么样的柴烧得久，什么样的柴燃得旺，什么一点就着，什么灰多，什么烟少，一膛炉火看似简单，但对外行来说，想把它烧好，还真不是一件容易的事。小的时候，乡下外婆家的厨房，对我有着不可抗拒的神秘力量。大人不让我靠近，但每次经过，我都忍不住站在门口向里张望。泥巴墙围成的小房子，被连接房门的一条通道分成两部分，左侧大一些、右侧小一些，正对面的墙上高高地开一个小窗户。微弱的阳光照进来，看得清小的那一边是砖砌成的炉灶，两个炉膛，一只风箱，一大一小两口锅。另一侧靠门的墙边则是一张小桌子，其余的空间则被堆积如山的稻草填满，足有半堵墙那么高。稻草山的山脚延伸到灶台下，那里有一张木头小凳，是外婆烧火的地方。偶尔，我被允许坐在一旁看她做饭，她从脚边抓一把干透的稻草放进炉膛，用一根长木棍巧妙地把稻草架在炉膛里焦黑的木炭上方，朝里这么一吹，火苗就蹿起来了。真是有趣。炉子的下层是燃尽的炉灰，还带着些火星和未散尽的余温，丢几个小地瓜或者洋芋在这里烤是最好的。火烧得旺了，就往炉膛里加几块木柴，这东西没有稻草那么易燃，却能烧上很久，一个大木桩子，烧上一天也不是什么稀罕事儿。饭煮好了，扒拉出炉灰里藏的地瓜洋芋，再厚厚覆一层稻草在通红的木炭上，半掩上炉门。下次再用时，炉膛深处的木炭里的热量足够再引燃一把稻草了，就这样，只要家里有人在，一日三餐不中断，这一膛火，就不会熄灭。

用过这种土灶的人，对火总会倾注更多的情感和敬畏。其实无论是什么，一旦你与它朝夕相处过，了解过它的脾性，都会生出几分感情，何况是这为人间带来了光和热的可爱的火苗。许多文化里，人们对火都是崇拜的。古希腊神话里，普罗米修斯为人类盗来了太阳神的火种，而哈尼族的火膛，则是永远不能熄灭的神圣的精神家园。

但在古时候，每年春天有那么几天，人们却选择一起熄灭家中的火。南梁时宗懔所撰的《荆楚岁时记》提到："去冬节一百五日，即有疾风甚雨，谓之寒食，禁火三日。"寒食是个比清明历史更加久远的节日。传说春秋时，介子推历经磨难辅佐晋公子重耳复国后，隐居避世于介休绵山。重耳烧山逼他出来，子推不出，母子隐迹焚身。后晋文公为悼念他，下令将放火烧山的这一天禁火寒食，几经调整，成了后来的寒食节。唐宋时的寒食节普遍为三天，这三天，人们会熄灭灶中的火种，各家仅吃寒食，所谓"此时寒食无烟火，花柳苍苍月欲来"。待到清明，禁火结束，各家各户最重要的一项工作就是换新火。古时的火可不像现在容易获取，在相当长的时间里，"钻木取火"是最重要的一种取火方式。寻常人家自行取火，而在皇宫里，取火赐火的仪式就热闹多了。宫里的火，以柳条或榆木钻取，故也有"柳火""榆火"之称，然后点燃蜡烛，传与百官，以示皇恩浩荡。"日暮汉宫传蜡烛，轻烟散入五侯家"，即是赐火时的盛况。宋代仍从唐制，许多宋代文人笔下，

都描绘过"新火""新烟"。欧阳修有一首《清明赐新火》
这样说：

> 鱼钥侵晨放九门，天街一骑走红尘。
>
> 桐华应候催佳节，榆火推恩忝侍臣。

这是对整个赐火过程最真实的描述了。

而更多时候，诗人们略过了"赐"这个过程，更多地
关注"火"本身。"朝来新火起新烟，湖色春光净客船""休
对故人思故国，且将新火试新茶""昨日邻家乞新火，晓
窗分与读书灯"，这个"新火"，已然成了春天的一个标
志，成了"万象更新"中的"一象"。

然而这个新火，与旧年的那团火，又有什么区别
呢？也许真的没有吧，但我们的祖先，却执意让它这样
每年熄灭又燃起，坚持了上千年。是多此一举吗？也许
不是。对深谙盈亏辩证法的先人们来说，越是想让文明
的火种永不中断，越要懂得适时地将它熄灭。也许在
最开始时，是为了保护春季萌生的新生命不受野火的伤
害，但时间久了，它的哲学意味，也就逐渐超过实际意
义了。万物自有轮回，一路匆匆向前，也许并不是最聪

明的选择。

　　火种每年熄灭又燃起，也许正是为了提醒人们：停下，是为了更好地出发。

13 海棠：爱惜芳心莫轻吐

张爱玲说一生中有"三大恨事"，一恨海棠无香，二恨鲥鱼多刺，三恨红楼未完。小时候不识花木，却喜读张爱玲，因此，初见海棠，竟是从这一桩憾事开始的。

古人赏花，重色重形，更重香。然而对这无香的海棠花，却似乎网开一面，无论雅士俗人，无不对其喜爱有加。往俗了说，民间喜在院中并种海棠、玉兰、牡丹，象征"玉堂富贵"。杨万里在《二月十四日晓起看海棠》中说：

> 除却牡丹了，海棠当亚元。
>
> 艳超红白外，香在有无间。

论富贵，牡丹第一，则海棠当属第二。而这莫须有的香气，在爱它的人眼里，竟然也自有一般玄妙的好处。方岳《次韵海棠》写道：

暖酣翠袖倚清妍，露洗轻红待举鞭。

娇懒不知春二月，风流堪聘晋诸贤。

天生富贵家何在，花有神仙谱未编。

谁锁二乔深院落，只将愁思过年年。

这诗写得其实不甚高明，用现在的话说，"彩虹屁"吹得太过。这海棠，美貌可比三国二乔，风流可攀竹林七贤，富贵好似天上神仙，实在有点儿太过完美了吧。不过这口不择言的直爽态度倒也可爱，确实反映了宋人对海棠的那份近乎狂热的爱。何况，"神仙"二字也并非诗人妄言，唐代贾耽《百花谱》中，就曾直称海棠花为"花中神仙"，是不是像极了今天发朋友圈大夸自家偶像是"神仙颜值"的你？花中有此殊荣者，想来再无其他了。

往雅了说，海棠媚而不俗、超凡脱尘，是诗画中的常客，试问有哪个文艺青年不曾被"凌晨四点，海棠花未眠"感动过？这个海棠未眠，其实也有典故，它来自史上争议最多的一对帝妃：唐明皇与杨贵妃。相传唐明皇登香亭召太真妃，贵妃沉醉未醒，皇帝命高力士使侍儿扶掖而至。妃子醉颜残妆，鬓乱钗横，不能再拜。明皇笑道："岂妃子醉，直海棠睡未足耳！"从此，唐玄宗以杨贵妃醉貌为"海棠睡未足"的典故不胫而走。宋代苏轼用这个梗写下了大名鼎鼎的《海棠》：

> 东风袅袅泛崇光，香雾空濛月转廊。
>
> 只恐夜深花睡去，更烧高烛照红妆。

只此二句，哪里有一分一毫的俗态？富贵也好，神仙也罢，此时也不过是困眼惺忪的娇憨少女罢了。海棠这种清雅而又自带富贵光环的属性，在史达祖的这首《海棠春令》里，写得淋漓尽致：

> 似红如白含芳意，
>
> 锦宫外、烟轻雨细。
>
> 燕子不知愁，惊堕黄昏泪。
>
> 烛花偏在红帘底，
>
> 想人怕、春寒正睡。
>
> 梦著玉环娇，又被东风醉。

这可不就是一朵富贵而不自知的"人间富贵花"吗？

要说海棠为何如此招人喜爱，首先要归功于它娇俏美艳的花色。有人说海棠花色是"花中绝色"，美人脸上的一抹胭脂，正是此色。刘克庄有"海棠妙处有谁知，全在胭脂乍染时"，陈与义有"海棠不惜胭脂色，独立濛濛细雨中"，皆是此意。而仅仅是"胭脂色"却难免温柔有余而富贵不足，海棠的妙处，还在于绿叶的衬托。苏轼说"朱唇得酒晕生脸，翠袖卷纱红映肉"，曹勋说"似蜀锦晴展，翠红交映。嫩梢万点胭脂"，哪怕到了"知否、知否，应是绿肥红瘦"的时节，都一样那么令人爱怜。

　　然而只靠好颜色，显然还是难以在这众芳暄妍的春天脱颖而出的。海棠的成功之道，还在于找得准时机。陈思《海棠谱》序中云："梅花占于春前，牡丹殿于春后，骚人墨客特注意焉。独海棠一种，丰姿艳质，不在二花之下。"海棠等过了百花竞放的初春，避开了牡丹芍药争艳的暮春，偏偏挑选仲孟之交的好时候，独占了一段春色。从立春到清明的好春光，足够她酝酿出最娇艳的胭脂红，在枝头不慌不忙地挂满新绿，当第一波桃李结束了喧闹，随着东风退场，她终于姗姗来迟，从容不迫地绽出新红。海棠的哲学，元好问早早就参透了，在《同儿辈赋未开海棠》中，语重心长地教给了儿孙：

枝间新绿一重重，小蕾深藏数点红。

爱惜芳心莫轻吐，且教桃李闹春风。

没有哪种花是完美的，海棠也莫能外。而海棠却懂得珍重芳姿，耐住寂寞，待春风最好时开放，纵然是少了一段芳香亦是瑕不掩瑜，那深藏了半个春天的好颜色，已足以力压群芳。

花犹如此，何况人乎？

14 丁香：殷勤解却丁香结

我对丁香有一种特殊的感情。我的母校清华以丁香、紫荆为校花，每到暮春时节，校河两岸丁香盛放，素香远溢，这景象是我关于校园最美好的回忆。

然而，在诗词歌赋中，丁香却不是一种特别"吉利"的花。它小巧纤弱，颜色清冷，又开在多雨的四月，于是在多愁善感的诗人眼里，丁香身上总也少不了一段清高和忧愁。

最早挑明这段愁绪的，是"情诗圣手"李商隐：

> 楼上黄昏欲望休，玉梯横绝月如钩。
>
> 芭蕉不展丁香结，同向春风各自愁。

蕉心不展，丁香咸结，明明是世人常见的暮春景象，却被他写成了一对相爱而不能相见的恋人，情愫不能吐露，愁心无从排解，只好默默地在春风中惆怅。自从有了这首《代赠》，幽怨而郁结的名头，就彻底地与丁香分不开了，从此，就如同折柳必送别，赏月必思乡一般，诗人看到暮春的丁香，总不免被触动满怀的忧愁。牛峤有"自从南浦别，愁见丁香结"，李璟有"青鸟不传云外信，丁香空结雨中愁"，柳永有"要识愁肠，但看丁香树，渐结尽春梢"，从唐代以来，似乎没人逃得出这段丁香结下的愁绪。

继李义山之后，那个写下过"梅子黄时雨"的贺铸，又给丁香带了一波"流量"。贺铸其人，长相奇丑，面色青黑如铁，眉目耸拔，人称"贺鬼头"。他为人豪爽精悍，词风却"雍容妙丽，极幽闲思怨之情"。他与一个女子相爱，久别之后，女子孤苦无依，思之甚切，写下一首诗：

> 独倚危阑泪满襟，小园春色懒追寻。
>
> 深恩纵似丁香结，难展芭蕉一寸心。

贺铸见此诗，感而写下《石州引》：

> 薄雨收寒，斜照弄晴，春意空阔。
>
> 长亭柳色才黄，远客一枝先折。
>
> 烟横水际，映带几点归鸿，东风销尽龙沙雪。

还记出关来，恰而今时节。

将发。

画楼芳酒，红泪清歌，顿成轻别。

已是经年，杳杳音尘都绝。

欲知方寸，共有几许新愁，芭蕉不展丁香结。

枉望断天涯，两厌厌风月。

词中直接用了李诗原句"芭蕉不展丁香结"，但接下来一句"枉望断天涯，两厌厌风月"，更是把这种难解的愁绪写尽了。

直到近代，戴望舒一首《雨巷》，那个"丁香一样地结着愁怨的姑娘"，就仿佛"丁香空结雨中愁"的注脚一般，让丁香这美丽、高洁、愁怨的形象，走出了古典诗词，在新的文学体系中，继续占有一席之地。

如果只读书，你会以为，也许这就是丁香全部的样子。但如果你亲眼在北方的晴空下看到过一树丁香，你就会发现，丁香还有着另一种模样。它的花朵虽然娇小，却聚成一簇簇沉甸甸的花束，深深浅浅的紫连在一起，织出一片梦境般的烟霞。它开在温柔多情的江南烟雨中，也开在阳光明媚的北国大地上，只要是春天所到之处，都能看到一片片丁香，不带一点愁态，反而充满着生命蓬勃向上的力量。其实在诗人们还没有完全被李商隐那首诗"洗脑"的时候，也有人描绘过丁香的这般模样，比如陆龟蒙：

> 江上悠悠人不问，十年云外醉中身。
>
> 殷勤解却丁香结，纵放繁枝散诞春。

当丁香愁肠得解，必然纵情绽放，独占春光。这是何等的自信洒脱啊，可惜后人却习惯了丁香满腹忧愁的形象，再也不作他想了。

我们从前人笔下看到的，永远不会是事物的全貌，而人们固有的成见，也往往会成为障目的那一叶。我想，清华以丁香为校花，除了取其抱团之意外，也许解开了丁香身上千年以来的那个"忧愁"的结，本身就是另一层深意：

格物，才能致知，即使是对一朵小花，亦当如此。

15　紫藤：花蔓宜阳春

紫藤寂寞一千年了。

从一千年前那个李白说"紫藤挂云木，花蔓宜阳春。密叶隐歌鸟，香风留美人"的时代，紫藤便是寂寞的。虽说花下有江南女子的巧笑娇娜、三千佳丽的曼舞轻歌，可是，人不免哀伤，花也不免寂寞。花解人语，人知花愁否？江南少不得紫藤。那淡紫的色调渲染着江南古典的宁静与高贵的神秘，盘曲遒劲的藤蔓却诉说着五千年来历史的沧桑。她在那里一年、十年、一百年地生长着，今年与去年一样，明年也不会和今年有什么不同，永远那样悠然淡定、荣辱不惊，不老，却也不知什么是年轻。千里之外的京华宫阙中也只需一架紫藤，便江南风致尽出。而紫藤，偏又是很大气的花。疏疏淡淡的紫，深深浅浅的绿，没有什么矫揉造作，任你是千步的回廊，也就这么舒舒展展地弥漫开，然后高高低低地垂下，年代越久，反越不需人侍弄，就那么一年一年从从容容地开下去。其实又何须真有一架紫藤？便是紫藤的影子也够有些情调了。紫禁城的倦勤斋里，四壁、屋顶都画着整幅的通景花，是紫藤。粗壮的藤顺着墙壁爬上房顶，一串串紫藤花，未开的、半开的、全开的，风雅地垂下。乾隆皇帝把江南之美带到了金殿里，只用了一幅紫藤。这图可是郎世宁的手笔已不可知，但不管是谁，他猜中了乾隆的心思。而乾隆，是懂江南的。

紫藤可食。北方小吃有紫藤粥、紫藤糕，不知何味，但曾将才开的紫藤大把地撸下，和面揉成饼状，煎至两面金黄，食之，甜香绕于唇舌之间。只是，至今不知这是嚼梅雅事，还是真真焚琴煮鹤之举。不过不管怎样，"文革"时说紫藤无用，大肆砍伐，实在委屈她了。但紫藤不在乎。

是啊，一千年，毕竟太长。紫藤的花下不是没有过莺肥燕瘦，紫藤的叶上不是没有过血溅凝碧。脂粉香暖，软语温存，刀光剑影，血雨腥风……紫藤见过的太多，于是她寂寞了自己，她对一切都不再在意。不在意江南塞北曾经的富贵，也不在意一切的伤痛。

可是，紫藤真的不在乎什么了吗？不。

传说紫藤是为爱而死的。本是一个俗得不能再俗的爱情故事：说是女孩与男孩相爱，遭到反对，于是两人私奔，在悬崖处走投无路，双双跳崖而亡。死后，女孩成了紫藤，男孩成了树。可是，平凡不是平淡，这种生死相依的故事，只有经历过的人才会明白其中刻骨铭心的痛。但那个女孩更不幸。她便是化作了紫藤也未能与树长相厮守，而是装点了江南的庭院、帝王的墙角。

曾与友登抱犊崮，不期邂逅了紫藤。已近山顶，独入小径，蓦地转身，看见了山坳里盛开着的紫藤。我从未见过紫藤开得这般烂漫——满山满谷地开着，那么茂密，一眼望去，竟像大把的紫藤花塞满了山坳。紫藤的手臂紧紧拥着举起她的树，看不清花是挂在藤上，还是长在树上。想起了《花经》里的句子：

紫藤缘木而上，条蔓纤结，与树连理，瞻彼屈曲蜿蜒之伏，有若蛟龙出没于波涛间。

这景象，至今才算见到。

我惊诧于这甜蜜而庄严的一幕，我头一次看见，紫藤，这寂寞了一千年的花，也有感情。是，一千年了，什么都可以忘记了，只有这份爱情，这个她曾用生命许下的诺言，她还在坚持。

友人来寻我，见到紫藤，"呀"了一声，嚷着要在这里拍照。我本想阻止，怕冒犯了藤与树的依偎，想了想，却由着她了：也许紫藤愿意别人看到她与树幸福地缠绵。

只有这一树紫藤，并不寂寞。

16　牡丹：花开时节动京城

谷雨过，牡丹开。

小时候不喜欢牡丹，总感觉它有一种老气横秋的气质。坐北朝南的方正大客厅，一组红木椅，椅子上摆着织有"福寿禄"的大坐垫，椅背上方悬挂着两三米长的大花轴，或许还配着黑色的画框和擦得亮闪闪的玻璃，画框里的画大红大绿，姹紫嫣红，中上方赫然四个大字："花开富贵"。这是我脑海中最适合牡丹出现的地方。当然也不止我一个人这样想，太过美艳动人以至于失去了阳春白雪的高冷气质，似乎一直是牡丹的原罪。

而对这一桩"原罪"，牡丹也从不避讳。刘禹锡说："唯有牡丹真国色，花开时节动京城。"确实，牡丹从来不收敛自己的美丽，也不懂得低调，只要开花，就一定要开个热热闹闹，开个尽人皆知。

这就很要命了。其他的花木，总有一些"包装"自己的办法。像红梅，同样是花开如火的艳丽，就选在了冬天开放，衬上清冷的白雪，气韵风骨就来了。茶花，也是个天生丽质的美人儿，就选择住在了深山里，再被人请到门前，自然就有了几分矜贵。而牡丹偏不，牡丹就是要开在宫苑里，开在闹市中，开在门庭前，大张旗鼓地展示它的美貌。

可是，只要是亲眼看到过牡丹的人，总是立刻把那些成见甩到了脑后，因为牡丹真的是美得不可方物。牡丹一棵足有半人高，几株牡丹连成一片，碧绿的叶片间，密密地开满硕大的花朵，玉笑珠香，风流潇洒，富丽堂皇。《花开富贵》图上的场面，竟不能描摹出牡丹一半的美貌。而花色更是好看。牡丹驾驭不同颜色的能力，真的足以让百花汗颜。浅红、肉红、深红、银红、卵黄、玉绿、粉白、墨紫……无论是哪种颜色，染在牡丹的花瓣上，都是纯粹而明艳，匀称而水灵，或娇嫩，或妩媚，或素净，或优雅，自有一段风流缱绻的妙处。也难怪诗人写到它时，总是极尽溢美之词。"天上有香能盖世，国中无色可为邻。名花也自难培植，合废天公万斛春。"一切对美的夸张描写，放到牡丹头上竟然都成了写实，于是这种诗句也只有用来写牡丹，才不显得肉麻了。

　　木秀于林，风必摧之。牡丹这样地不闭其美，当然难免会招来嫉恨。宋代高承编撰的《事物纪原》中记载："武后诏游后苑，百花俱开，牡丹独迟，遂贬于洛阳。"相传，一年冬天，武则天突发奇想，诏令曰："明朝游上苑，火急报春知，花须连夜发，莫待晓风吹。"百花慑于此命，一夜之间，竞相开放，唯有牡丹抗旨不开。武则天勃然大怒，命人"放火焚烧，一株不留"，还觉得不够解恨，又下令"连根铲除，贬出长安"。于是牡丹被连根掘出，扔到了洛阳邙山岭上。谁知，牡丹一入新土，又扎下根，一到春天竟然铺开了满山的翠绿。谷雨过后，株株怒放，千姿百态，令人啧啧称奇。因这种牡丹在烈火中骨焦心刚，洛阳人赞它为"焦骨牡丹"，而从此洛阳与牡丹便结下了缘。欧阳修曾作《洛阳牡丹图》，诗中这样写道：

　　　　洛阳地脉花最宜，牡丹尤为天下奇。

　　　　我昔所记数十种，于今十年半忘之。

　　　　　　……

　　　　当时绝品可数者，魏红窈窕姚黄妃。

　　　　寿安细叶开尚少，朱砂玉版人未知。

传闻千叶昔未有，只从左紫名初驰。

四十年间花百变，最后最好潜溪绯。

今花虽新我未识，未信与旧谁妍媸。

当时所见已云绝，岂有更好此可疑。

古称天下无正色，但恐世好随时移。

鞓红鹤翎岂不美，敛色如避新来姬。

欧阳修如数家珍，一口气报出十来种牡丹的花名，可见牡丹不仅丝毫没有因为被贬洛阳而苦恼，甚至还如鱼得水，把给自己招来祸事的美貌，愈发地发扬光大了。

世人只说牡丹富贵，却不知它更是勇敢，能如此长久地坐稳"花中之王"的宝座的，也只有牡丹了。它配得上，更当得起。其实美从来就没有错，只有名不副实，才会令人难堪。

对于牡丹来说，既然天生丽质，就一定要尽情绽放。因为只有极致的美丽，才是对嫉妒与毁损最有力的回应。

夏

暑盛静无风，夏云薄暮起。

携手密叶下，浮瓜沈朱李。

17 青梅：梅子留酸软齿牙

北方人很少见到青梅，但青梅的滋味，却似乎无人不知。只是"青梅"二字，便足以令人齿酸牙软，满口生津。《世说新语》载："魏武行役，失汲道，军皆渴，乃令曰：'前有大梅林，饶子，甘酸，可以解渴。'士卒闻之，口皆出水，乘此得及前源。"梅子的酸味，从此跟着"望梅止渴"的典故一起，写入了中国人的记忆。

作为水果，梅子确实并不优秀。鲍照写过"食梅常苦酸，衣葛常苦寒"，许棐写过"要识此时情绪，豆梅酸更苦"，卢炳写过"门巷寂，梅豆微酸怯食"，这酸苦的滋味，总是勾起诗人心底郁结的痛处。纵是轻松闲适时，青梅的酸味依然无法回避，杨万里在《闲居初夏午睡起》中写道：

梅子留酸软齿牙，芭蕉分绿与窗纱。

日长睡起无情思，闲看儿童捉柳花。

初夏午睡未足，一颗梅子入口，顿觉牙齿酸倒，倦意全无。无论是换成山楂还是李子，这酸味在外人看来似乎都"不够劲儿"，能酸得如此让人"感同身受"的，怕是也只有青梅了。

可新结的青梅，却又偏偏是那么美。娇小玲珑的青梅，点缀在春末夏初的绿叶红花之间，这是江南文人才懂得欣赏的景致。欧阳修有词：

四月园林春去后，

深深密幄阴初茂。

折得花枝犹在手，

香满袖。

叶间梅子青如豆。

晏几道也曾写道：

千花百草，送得春归了。

拾蕊人稀红渐少，叶底杏青梅小。

小琼闲抱琵琶，雪香微透轻纱。

正好一枝娇艳，当筵独占韶华。

若是少了梅子，江南的四月一定会变得无趣许多，那"一川烟草，满城风絮"时的"梅子黄时雨"，怕是也要重新取个名字了，而无论是什么名字，我想它应当都不如"梅雨"二字来得有滋有味。

青色，酸苦，却美得令人欲罢不能。这就是青梅。

像极了爱情。

传说，由于"梅"与"媒"谐音，古代有"抛梅求婚"的习俗，《诗经》中待嫁的姑娘用"摽有梅，其实七兮"呼唤着心仪的恋人，想是出于此意。直到李白的一句"郎骑竹马来，绕床弄青梅"横空出世，青梅才算是真正成为爱情的寄托。从白居易的"妾弄青梅凭短墙，君骑白马傍垂杨"，到李清照的"倚门回首，却把青梅嗅"，从施肩吾的"无端自向春园里，笑摘青梅叫阿侯"，到刘学箕的"人问道、因谁瘦，捻青梅、闲敛黛眉"，各路文人明里暗里，把李太白的"青梅梗"玩了不知多少遍。当然，诗仙造出"青梅竹马"这个词，一定不是因为谐音这种俗套的理由。细细想来，再甜的水果也没青梅的那股酸涩令人难忘，纵是吃时酸倒了牙，几日不见也难免思之如狂，而这，可不正是令人"上头"的爱情吗？

　　不过，降服青梅的酸味，也并不是多难的事情，需要的只是耐心和时间。那个曾经吐槽"食梅常苦酸"的鲍照，早就给出了梅子的正确打开方式："忆昔好饮酒，素盘进青梅"，和酒掺在一起，这梅子酸就变得回味无穷了。当然青梅和煮酒也并不是他的原创发明，"望梅止渴"的曹孟德，也留下过"青梅煮酒论英雄"的典故。直到后世，青梅煮酒也一直是青梅广受喜爱的吃法之一，范成大说"郭里人家拜扫回，新开醪酒荐青梅"，方回说"何处青梅尝煮酒，谁家红药试单衣"，汪莘说"牡丹未放酴醾小，并入青梅煮酒时"，直到今天，梅子酒也依然是最受欢迎的果酒之一。酒的醇厚绵长和青梅的酸涩互相中和，相得益彰，当经历过时光的窖藏，那番酸涩越酿越甜，最终全都会变成悠长的回味。

　　而这，不仅是梅子的味道，也是爱情的滋味，婚姻的滋味，人生的滋味。

18　枇杷：却是枇杷解满盘

读中学时，校园里一条红砖小路的两侧，种了两行郁郁葱葱的枇杷树，一年四季张着油青的枝叶，日复一日，任别的树黄了又绿，它也总没有多大的变化。

其实那时候，我并不知道这些树叫做"枇杷"。我从小就分不清，我的家乡，这座地处鲁南苏北边界的小城，究竟算是南方还是北方，而枇杷可能也分不清。说它是南方，可它没有温暖到枇杷可以恣意生长结果的地步，可说它是北方吧，偏偏温和的冬天又足以让枇杷树枝繁叶茂。于是就在这样一个微妙的地带里，我与枇杷树，始终保持着这么一种"似曾相识"的微妙距离。

偶尔，我也会见到这些树有一点点微小的变化：依稀记得寒假前后树上会开一簇一簇不太鲜亮的花，有时落在身上，枯黄干燥的花瓣像是剥落的铁锈。有一年，天气暖和起来之后，会有男生摘来青涩的、杏子大小的果子，说是校园里的那些树上结了"枇杷"。

哦，原来这就是枇杷。于是在很长时间里，四季长青的厚叶片、貌不惊人的小花和青涩的果子，构成了我所认识的"枇杷"的全部。

直到后来，课文学到了《项脊轩志》，"枇杷"这个词，以另一种形态，再次出现在了我面前。

庭有枇杷树，吾妻死之年所手植也，今已亭亭如盖矣。

仅此一句话，让枇杷突然变得缠绵、雅致，又情深意切了起来。王建曾有诗赠薛涛：

万里桥边女校书，枇杷花里闭门居。

扫眉才子知多少，管领春风总不如。

大唐声名无二的才女，也在这枇杷花下居住，可见枇杷的清丽可人，也应当是再无他物可以比拟的了。

偏偏枇杷树，又有着与众不同的轮回。羊士谔《题枇杷树》写道：

珍树寒始花，氤氲九秋月。

佳期若有待，芳意常无绝。

> 袅袅碧海风，濛濛绿枝雪。
>
> 急景自馀妍，春禽幸流悦。

秋养蕾，冬开花，春结子，夏果熟。这般恣意而为的任性，倒是也像极了闭门而居的清高才女。

直到有一年，我真的在成都见到了熟透的枇杷，才发现原来它竟与我想象中的那样不同。五月中旬的蜀地，枇杷在街头巷尾随处可见。或是一筐一筐，或是一篮一篮，黄澄澄的椭圆形果子并不怎么起眼，有些成枝摘下的，泛着些青黄，有些熟透的，带着些磕碰的疤痕，客人买时，也拿起一个剥开品尝，然后成袋地拎走，那般大方豪爽，与我们北方叫卖杏子和鸭梨的水果摊并无二致。

原来这枇杷，也并非什么金贵的水果，不过是伴着一代代人，度过了一个又一个初夏的寻常果物罢了。陆游曾在山园屡次种杨梅不成，一颗枇杷却结实甚多，于是戏作道：

> 杨梅空有树团团，却是枇杷解满盘。
>
> 难学权门堆火齐，且从公子拾金丸。
>
> 枝头不怕风摇落，地上惟忧鸟啄残。

清晓呼僮乘露摘，任教半熟杂甘酸。

范成大在夔州时，曾采下满树的枇杷，换来银钱，买盐
沽酒：

新城果园连溪西，枇杷压枝杏子肥。

半青半黄朝出卖，日午买盐沽酒归。

而戴复古的载酒游园，也少不了枇杷的点缀：

乳鸭池塘水浅深，熟梅天气半阴晴。

东园载酒西园醉，摘尽枇杷一树金。

难得见到枇杷的北方人，断是难写出这样的诗句
的。郭正祥甚至在诗中戏言："颗颗枇杷味尚酸，北人曾
作荔枝看。"纵是今天，北方人识得了枇杷，那规规矩
矩地摆在水果店的冷柜里，大小均一的昂贵水果，想是
也难以唤起诗情吧。所以也无怪乎那幅赫赫有名的《枇
杷山鸟图》生在了南宋：只有对于看惯了枇杷的南方人
来说，这份没有距离的亲近和泥土的滋味，才让它尤为
可爱。

这时我才知道，原来所谓闲情雅致，也不过是藏在这些寻常之物中的一份心境罢了。

而正是这缕沾满人间烟火气息的墨香，恰恰最是清雅。

19 樱桃：流光容易把人抛

蔷薇，绿荫，遍地的黄色小野花，刚挂上枝头的亮晶晶的樱桃，还有傍晚的凉风，这是关于初夏最美好的记忆。

春天热烈而短暂，一夜之间樱花桃花铺满山野，但你却知道，也许明天它们就零落成泥。春天让人怜惜，惜春长怕花开早，而初夏却让人喜悦。新红落下枝头，渐渐地，只剩下一丛一丛深深浅浅的绿，傍晚的阳光斜斜地照下来，叶子迎着光变得透明。蔷薇一朵一朵悄然绽放，凉风吹过，花瓣飘落，满园馨香。你知道，明天的草木将会更加葱郁，明天那些花苞也会绽成蔷薇，明天的晚风和夕阳将会比今天更长。一切都明媚而从容，让人那样安心惬意，仿佛世界将永远这样美好下去。

几天之后，樱桃熟了。

樱桃酸甜可口，好吃却在其次。李世民写它"朱颜含远日，翠色影长津"，张祜写它"斜日庭前风袅袅，碧油千片漏红珠"，杨万里写它"摘来珠颗光如湿，走下金盘不待倾"，在古人看来，晶莹的樱桃宛如剔透的宝石，无论藏在绿叶间抑或盛在盘中，都是难得的景致。

而我记忆中的樱桃树，长在儿时外婆家的庭院里。树下一口大水缸，一方水井，背靠一畦小菜田，面对着泥墙草瓦的厨房，厨房旁边开紫花的桐树从密叶间筛下斑斑点点的阳光。每到这个季节，黄色的小樱桃开始泛出粉红，一天比一天饱满起来。

但等到这樱桃成熟，却是很难。传说中，樱桃最早叫做"莺桃"，因为黄莺儿最爱啄食。有李商隐《百果嘲樱桃》为证：

珠实虽先熟，琼蕤纵早开。

流莺犹故在，争得讳含来。

小时候的我就知道，这话一点儿不假。樱桃树旁总也少不了叽叽喳喳的鸟儿飞起又落下，常常是头一晚你看准了快要成熟的几串小樱桃，第二天出门再看，就不见了踪影，留下满地的鸟粪和啄了一半的青黄的果儿。气得眼泪汪汪的我撅起小嘴，奶声奶气地骂"坏鸟儿"。外婆笑着从堂屋出来，把一捧清晨摘下的熟透的樱桃塞到我手上，抱我在辘轳旁的小凳上坐好，嘱咐我当心树上落下的毛毛虫，便去舀水煮饭了。我坐在树下，听远处布谷鸟欢快地鸣叫，看着几只麻雀在枝头争抢樱桃闹得枝桠乱颤，外婆在灶台和水井间忙忙碌碌，不一会儿，土灶旁的烟囱里一缕炊烟直上，空气里有淡淡的柴火味儿。一颗樱桃放入口中，酸甜的汁水让人龇牙咧嘴，却忍不住又吃下一颗。

在吃货的眼里，饶是再好看的樱桃，唯有放入口中，才是它的归宿。古今第一"吃货"苏轼就曾说：

> 独绕樱桃树，酒醒喉肺干。
>
> 莫除枝上露，从向口中传。

这份无忧无虑的率真，倒是像极了那时的我。

只是，长大后，外婆家，我去得越来越少了，我只从探亲回来的母亲那里，吃到过几回外婆家的樱桃。有时还没熟透，酸酸涩涩，吃一颗满口生津，有时又成熟太过，被一路的颠簸磕得汁水横流。总之，只要树上还摘得到，外婆一定会摘一把塞给母亲，要她带给我。这不再触手可及的樱桃，终于渐渐从舌尖到了心里，那一颗颗晶亮的红果子，在记忆中越来越鲜亮了起来。

流光容易把人抛，红了樱桃，绿了芭蕉。

有一年，突然听说那棵老树因为害了虫病不再结果，被砍掉了，再一年，水井也换成了自来水，但外婆年纪太大，已经不能再自己打水。童年的事情会忘记，但小时候吃过的味道，也许真的会被舌头记住一辈子，每年我都盼望着这个有樱桃的季节。只是，不知是从哪年起市面上车厘子取代了小樱桃，再也不会被酸得倒牙了。

这时我才知道，原来再美好的初夏，也会悄悄过去。

20　田园：绿遍山原白满川

中国人对田园有着天生的好感。

我的父母是从农村考到城市里的一代，祖父母那一辈人，都是地地道道的农民。我生长在城里，回乡下外婆家是我最期待的事情，一到了那儿，就总也不想走。那个小村子最好的时候是初夏。初夏的清晨听得到布谷鸟的叫声，这鸟儿叫得很有趣，一声鸣叫里长短错落，抑扬顿挫，我总是想听清楚它的歌儿，却无论如何也分辨不出它唱的究竟是个什么腔调，就这样一不留神，天就大亮了。炊烟升起又消散，隔壁的舅舅家，大门"吱扭"一声响，我知道他们去"下地"了。从我记事起，老家的地里种的一直是大蒜。蒜卖得上好价钱，却最费功夫，除了播种、施肥、浇水、收获，种大蒜还多了一件事，就是"提蒜薹"。"提"字到底怎么写，我不知道，只知道村里人人都这么说。蒜薹是蒜的花茎，要在它刚刚露出头来的时候就尽抽出来，如果任由其生长，蒜头是长不成的。所以"提蒜薹"是立夏前后整个村子里最重要的事，往往是全家男女老少齐上阵，连上学的孩子，都躲不了这个清闲。我跟着表姐去看"提蒜薹"，她手里拿一根木棍，木棍一头带一根铁钉，往蒜苗上笔直地插过去，芯子断了（这时候的蒜苗很粗壮，不用担心会整根折断），再从上面快速地一抽，长长的一根蒜薹就在手里了。我想也许这个"提"字，就和蒜薹抽出时的"滴溜"一声有关吧。这个动作我总学不会，蒜薹到了我手里，总是可怜巴巴的一小截，引得大家捧腹大笑。

城市的超市里，蒜薹是一种价格不低的蔬菜，但老家的蒜薹就如同麦收时的麦草一般，田野里、庭院里，无处不在。抽出的蒜薹，人手充足的人家，绑成捆，拉去城里卖掉，人手少的，就随手丢在地里，任它"化作春泥"了。不用说，这个季节各家各户的餐桌上，蒜薹是绝对的主角。蒜薹炒肉丝、炒鸡蛋、烧鱼、煮汤，简直无所不能，以至于我至今依然不愿意买超市里的蒜薹，总觉得在老家的田野里，还躺着成捆的蒜薹在等着我。

当然也不止有蒜薹。外婆的小院子里，开了半亩大的一片小菜园，黄瓜、茄子、辣椒、韭菜、西红柿、小白菜，各种菜蔬密密地种了个满满当当。初夏时小白菜正茁壮生长，韭菜也才割到第二茬，做饺子馅正合适，其他的则还是绿油油的叶子，不通庄稼事的人，一眼看去也分不出是什么。小时候外婆偶尔来我家，住不到一旬，就一定要回去，说是舍不得自己的小园。那时候我不理解，心想这么一点蔬菜，有什么舍不得的呢？直到多年后，我读到宋代翁卷的一首《乡村四月》，诗中写道：

> 绿遍山原白满川，子规声里雨如烟。
> 乡村四月闲人少，才了蚕桑又插田。

我才恍然，这不就是外婆舍不得的那片原野，离不开的初夏田园吗？

长大后的我，鲜有时间再去外婆的田园里过一个初夏了。一年复一年，对田园的那份怀念，在心底越来越强烈。终于，我在立夏前休了假，回了趟老家。

外婆已经年过耄耋，早已不是儿时记忆里利索的样子，院里的小菜园反而更大了些，靠里的一半，舅舅给种上了大蒜，外面留了两畦韭菜，和几棵用来留种的菠菜。正是"提蒜薹"的季节，随表哥在城里生活的舅妈也回来帮忙了，还带回了她六岁的小孙子。她弯腰做着手里的活儿，孩子跟在她身边，在田埂摘荠菜花，祖孙俩一边向前缓缓地走，一边聊着天：

"奶奶，大蒜什么时候种呀？"

"大蒜秋分种。"

"奶奶，那大蒜什么时候收呀？"

"大蒜小满收。"

于是突然觉得，这段对话竟像在写诗一样。《诗经·七月》有："四月秀葽，五月鸣蜩。八月其获，十月陨箨"，与此神似。原来田家的生活与诗竟是同样的美丽。

我帮着外婆"提"小园里新抽的蒜薹，动作还是像小时候一样笨拙，惹得外婆笑了起来。看着过膝的蒜苗，我想，这土地可真好，只要你种上一粒蒜子，然后浇灌它，照顾它，它就会还给你这么苗壮碧绿的一棵蒜苗，还有一头白胖胖的新蒜。靠着这土地，外婆养大了我母亲兄妹三人，舅舅又养大了表哥表姐们，这是多么质朴的事实，却又是多么浪漫的一件事。

昼出耘田夜绩麻，村庄儿女各当家。

童孙未解供耕织，也傍桑阴学种瓜。

几千年的文明就在这样的循环往复中生生不息，几代人就在这样的土地上养活着自己和子孙。这本身，就是一首最动人的诗。

21 茉莉：列作人间第一香

茉莉的笑是可以倾城的。

"杏花春雨江南"，杏花是小白长红越女的腮，茉莉是说吴侬软语的苏州女子。杏花在溪头浣纱，茉莉在闺中刺绣。人说苹果花是雪做的，梨花的瓣子是月亮做的，那茉莉是什么？茉莉的瓣，是四月的流水凝成的。唯有流水，才有那样清澈而灵动，溶着仲春的碧色和煦暖的阳光。茉莉不是雨，雨是江南的病美人，是戴望舒愁结不展的丁香。

舒婷说不愿生女儿，因为女儿太娇弱，太惹人爱怜，不忍将她带到世上，我对茉莉，也有这种感情吧。不敢养茉莉，江南的佳人毕竟不是黄土上摔打惯了的野丫头，北方干涩的风一吹，水色的肌肤清癯了下去，岂不痛煞人哉！可喜爱茉莉不能忘怀，友人闻之，竟将家中长势甚好的一盆慨然相赠，我硬着头皮捧回家，心中竟久怀着一种负罪感。为其腾出最明媚的窗口，每天敬畏地陪伴，却不敢伸出手去亵渎她翡翠色的裙摆——虽然她总是那样浅浅地笑着。种茉莉的土是肥沃的黑土，不同于别的花盆里的黄土。那土在北方的花坛中随处可见，长出的木槿竟也开得泼辣。效梁实秋于土中钻小孔灌以芝麻浆汤，至于往花根下埋死猫的做法，只好望而却步。剪枝的工作却从不亲自动手，因为不忍。

其实茉莉本不习惯于被这样供着，在江南，她更多的时候只是陪衬。真真的，如古时的江南女子一样。茉莉只是随意地补在小园的角落里，或是静默在一树和田玉色的栀子下，香味流水一样静静地萦绕着小城。

是的，茉莉的香气永远是那样清雅而温逊。宋代江奎曾有诗：

> 灵种传闻出越裳，何人提挈上蛮航。
>
> 他年我若修花史，列作人间第一香。

人间第一香，这也许并不是茉莉的本意。那第一的名号不妨让给檀木，那种佛家厚重而机敏的感觉，静坐参禅一样的底蕴，偈语一样妙不可言。或者给了梅花吧，她开得够辛苦了，暗香中竟也有些冰雪的味道。而茉莉，永远只是深闺女子温雅的气息。

陆游说碾作了泥的梅花也是有香气的，是不是这样，我不敢说，但我知道和茶一起被水滚过的茉莉是不会失了香味的。北方的茶叶铺子里，有南方的茉莉。北京人是钟爱茉莉花茶的。茶叶一遍两遍三遍地用茉莉窨过，临卖时，伙计还会大方地抓上一把鲜茉莉包在一起。于是大大小小的茶叶铺子里，各色的茶壶茶盏茶碗里，茉莉的气息一起弥散开。新茶上市的季节，茉莉倾城。可是这时的茉莉，也只是在陪衬着茶，就像在娘家时，斜插在秦淮女子的鬓梢，削减几分牡丹的媚态，添一些闺中娴静的味道。茉莉是只能衬绿茶的，她托不起发酵过的酽茶。若是乌龙，还须嚼梅才好。黄山谷和苏子瞻那次雅燕飞觞的茶会，想来作伴的该是梅花，茉莉是当不起的。

茉莉与梅花，细说来确有些缘分。入得歌的花木本就不多，至今还广泛传唱的更是有限，梅花是一，茉莉是一。《梅花三弄》是文人清绝的歌，《茉莉花》是吴地女子嫣然的巧笑。如果说梅花是塞北的士大夫，那么茉莉，不正是江南水边素妆莞尔的倾城佳人吗？可是茉莉不会倾国，她不是胭脂堆成的西府海棠，她素面朝天，不愿争什么，一

如她的江南永远甘心作中国文化的后院，她永远是绣房里

几千年来都做着男人的陪衬的倾城女子。

　　茉莉倾城。

22　蜀葵：被人嫌处只缘多

　　夏天开的花，与春天的是截然不同的，少了几分温柔缱绻，却自有一番鲜妍娇媚的好处。春花如桃花、杏花、梨花，多是花小而色淡，柔白浅粉密密地织成一片，轻盈而纯净，像云雾，像烟霞，像窗户上新糊的一层白纱，像一场半睡半醒、亦真亦幻的迷离梦境。而夏天，则完全是另一个模样。绿荫里，花儿天马行空地开出各种颜色，娇俏如蔷薇的粉，明媚如月季的橙、榴花的红、菖蒲的黄、鸢尾的紫，热烈而绚烂，像霓虹，像锦缎，像打开了的万花筒，像戏台上花花绿绿的披挂。泰戈尔说生如夏花灿烂，而不是春花，也许正是因为这个区别。

　　而整个夏天里，开得最热闹的花，当数蜀葵。

　　小时候这花经常见到，就开在道路旁的花坛里，小区绿化带不起眼的角落里。那时不知它叫蜀葵，因为开得高高大大，红艳艳的一串花高过小孩子的头，大人们叫它"一丈红"。我并不太喜欢这花，六月并不温和的阳光里，它鲜艳的花瓣常常是不怎么水灵的，加之汽车卷起的尘土和尾气熏得它灰头土脸，像个描眉画眼进城来的乡下姑娘，脂粉难掩两颊的晒伤和皲裂，并不精致的艳冶，就那样不由分说地撞进你的眼帘。

离乡后，多年未见这花，也并不觉得想念。再次见到，是在一把缂丝扇上，稀地夹金的扇面，织着南宋的《蜀葵图》，粉白渐变的两朵花，妖娆俊逸，艳而不俗。当时以为这花定然是什么阆苑奇葩，哪里会把它和儿时见到的"一丈红"联系在一起。直到有一天，朋友说圆明园种了一片好蜀葵，邀我去赏，我才惊觉，原来这不入流的"一丈红"，是士别三日当刮目相看了。

不过，这样说其实也不太妥当，蜀葵从来也没有变过，变的是人的眼光罢了。蜀葵曾是惹人喜爱的花，古时人文，吟咏者甚多。南朝王筠曾特地为其作《蜀葵花赋》云："迈众芳而秀出，冠杂卉而当闱"，颜延之有《蜀葵》诗云："喻艳众葩，冠冕群英"，皆谓其美艳远在众芳之上。

蜀葵开时，确实是很好看的。我在圆明园所见的那一丛，开在水边，水汽充足，也没有尘土的侵袭，阳光下亭亭的一株，红紫烂漫，风动时花瓣似裙裾轻舞，婀娜多姿，婉娈娉婷。宋代诗人葛立方曾有《题卧屏十八花·蜀葵》诗：

> 倾心小圃阳初照，束火中庭雨不沾。
>
> 袅那腰支浑欲舞，好令韩偓赋香奁。

初照的阳光、点燃的火苗、袅娜的舞腰，一连三个比喻，用在蜀葵身上，真是格外的贴切。

因为这份美丽，蜀葵一度是园林里的常客。张衡《西京赋》中写道："草则箴莎菅蒯，薇蕨荔芰。王刍菌台，戎葵怀羊。"这"戎葵"就是蜀葵。南朝陈虞繁《蜀葵赋》说："绕铜爵而疏植，映昆明而罗生……攒华林而丽庭。""铜爵"是铜雀台，"昆明"指西安昆明池，"华林"即南京华林园，这三座皇家园林中都曾遍种蜀葵，可见其声名之煊赫。而到了唐宋时期，蜀葵这个"旧时王谢堂前燕"，已悄悄走出皇宫御苑，"飞入寻常百姓家"了。《本草纲目》中说"蜀葵处处人家植之"，《广群芳谱》中说"五月繁华莫过于此，庭中篱下无所不宜"。陈与义有"万事一身伤老矣，戎葵凝笑墙东"，黄庭坚有"舍前粲戎葵，舍后荒苜蓿"，张宪有"一丈戎葵倚绣窗，雨足江南好时节"，墙边门前窗下，蜀葵无不可栽。看来，我小时候于街头巷尾所见的一丈红，也算是与古人所见一脉相承了。

谁知，这一次"下嫁"，不仅没让蜀葵彰其令名，就其懿德，反而轻贱起来了。田间地头的奇珍异卉，纵是引来使君们"五马立踟蹰"，也终究算不得矜贵。崔致远曾有一首《蜀葵花》写道：

> 寂寞荒田侧，繁花压柔枝。
>
> 香轻梅雨歇，影带麦风欹。
>
> 车马谁见赏，蜂蝶徒相窥。
>
> 自惭生地贱，堪恨人弃遗。

曾经金屋藏娇的佳人，竟成了荒田里自艾自怜的弃妇，怎不令人唏嘘。

而蜀葵始终没有变。同样的花朵，同样的颜色，昨天是娇，今天就成了俗，究其缘故，变的不过是人罢了。清代王润生曾有一首《废圃蜀葵盛开，偶成七绝》，一语道破了其中缘故：

年年废圃我葵放，浅紫深红艳若何。

一丈高枝花百朵，被人嫌处只缘多。

原来人就是如此，奇珍异卉，可贵的是个珍，是个奇，而不是美。再好的花，种得多了，也就遭人嫌了。

于是，蜀葵慢慢走出了园林，今天的园子里，一到夏天，开的是各色的郁金香，成片的薰衣草，和明晃晃的金盏花。其实那郁金香和蜀葵比，又有哪里更好呢，论颜色，论花型，论体态，私以为蜀葵还是更胜一筹，郁金香也不过是外来的和尚好念经罢了。这么一来，蜀葵反而成了个罕物，成了泛黄的画卷上模糊的身影，成了遥远的诗词中绮丽的名字，成了城市里再难见到的乡土情结，成了蚊子血，成了朱砂痣。圆明园里这么小小一片蜀葵，反倒引得游人如织了，仿佛没有人记得，它曾经是那个被人笑土笑俗的一丈红。

但我想也许蜀葵早就不喜不悲了吧，白云苍狗，盈亏满损，世上的事，又有哪件不是如此呢？

23　杏子：梅子金黄杏子肥

五月，南方梅黄，北方杏熟。

"田家少闲月，五月人倍忙。夜来南风起，小麦覆陇黄。"一夜南风，吹黄了泛青的麦穗，也吹黄了杏子。每年麦收时节，都是北方农村最忙的时候。高高的日头下，干热的风吹来，蒸起一层水汽，金黄的麦浪在大地上翻滚，一团热浪在半空中飘移。这看不到头的麦子，是眼下的烦恼，更是一年的盼头。

父母说，他们小时候，村里的学校会放"麦收假"，后来虽然没了这个假，村里的小麦也渐渐种得少了，不再需要他们帮忙，这个习惯却留了下来，总会在五月的某个周末，带我回趟老家，帮一帮家里或者地头上的事。我年龄小，不会割麦，于是关于这个季节，我印象最深的，就是和麦子一起成熟的麦黄杏。

麦黄杏，这名字好听，实际上却并不是什么金贵的水果。村子里几户人家屋后种了杏树，稀稀拉拉结着不多的几颗，往往还没等到黄透，就要被人扫荡一空，偶尔摘到几个，也都是半青半紫，并不中吃。而田间地头的小贩那里卖的，就是另一个样子了。土鸡蛋大小的黄杏，皮薄肉厚，用手巾蹭蹭，两口一个，生津解暑，是收麦时最受欢迎的吃食。外婆最疼我，见到了总会买些给我。我挑嘴，嫌杏子酸，并不肯吃，但跟着表姐们在田里一阵疯跑，大汗淋漓地回来后，几个孩子不一会儿就抢光了半筐杏子，我也顾不上酸了，跟着她们吃得津津有味，直到外婆说再吃要流鼻血了，才肯停下来。

那并不怎么好看的麦黄杏，是真好吃啊。

然而，我对杏子的这般喜爱，却很难在古人中觅到知音。古代文人咏杏花者不计其数，而说到杏子，却总少了些滋味。

出林杏子落金盘。

齿软怕尝酸。

可惜半残青紫，犹有小唇丹。

南陌上，落花闲。

雨斑斑。

不言不语，一段伤春，都在眉间。

词风清雅纤丽的周邦彦，写到杏子，自是难逃酸滋味。新结的杏子，鲜脆喜人，少女摘来玩耍，出于好奇放入口中，登时齿软，剩下半个透着青紫的果子，还残留着朱红的唇印。

可爱。但这青紫的杏子，自然是不会好吃的。

李之仪稍好些，他的杏子已经熟了一半，也许不会那样酸：

绿水满池塘。

点水蜻蜓避燕忙。

杏子压枝黄半熟，邻墙。

风送荷花几阵香。

角簟衬牙床。

汗透鲛绡昼影长。

点滴芭蕉疏雨过，微凉。

画角悠悠送夕阳。

初夏雨前，日影渐长，半池绿水边，燕儿低飞，蜻蜓点水。半黄的杏子压低枝头，风过处，吹来一阵阵花草的清香。小院中的夏景，闲适而幽静。

雅致。但这杏子，终究也只是个点缀，并不中吃。

总之，翻遍唐诗宋词，诗人们写过那么多奇花异草、仙果佳茗，却总也写不出我印象中的杏子。唯有范成大的一首，算是让我有了心有戚戚之感：

> 梅子金黄杏子肥，麦花雪白菜花稀。
> 日长篱落无人过，惟有蜻蜓蛱蝶飞。

这麦黄杏，本就该属于田间地头，与麦花和竹篱笆生长在一起。

也许正是因为它太过泼辣，太好养活，田间地头随处可见，于是便逐渐沦为上不得台面的寻常果物，只能供农民消暑解渴，而无法激起文人墨客们吟咏的欲望。白居易说"杏俗难为对，桃顽讵可伦"，可见即使是这位曾经"忠州且作三年计，种杏栽桃拟待花"的忠州刺史，也深知杏桃终究逃不过俗物的定论。

唯一懂得杏子的，不是诗人，而是神仙。葛洪《神仙传》记载：董奉"居山间，为人治病，不取钱物，使人重病愈者使栽杏五株，轻者一株，如此数年，计得十万余株，郁然成林。"神仙治病，不取财资，只留杏树为后人食，想必是一定深知，饥渴难耐时，吃一颗熟透的杏子的滋味吧。这么看来，这葛洪也许不是神仙，而是个在五月的日头下收过麦子的农民罢。

说来也好笑，人们相信神仙创造了万物，殊不知，却是农民创造了神仙，甚至连神仙的口味，也一并规定好了。

即使是奇珍异果，又哪里有麦收时节的麦黄杏，来得让人踏实，让人难忘呢？

24　葵花：惟有葵花向日倾

　　无数次梦想拥有大片的向日葵田。夏日宁静的午后，将自己藏在浓密的绿荫中，金色的花朵确是可以"过人头"的。坐着，或者顺着一秆秆葵花间的空隙躺下，举头看阳光在花瓣上跳跃着，筛下斑斑点点的天光云影。清风走过的时候，就听见一朵朵花"咯咯""咯咯""咯咯"地笑，感觉到她们的裙在身边快乐地轻轻颤抖。曾傻傻地要将学校的操场变成这样一处所在，初春刈去才寸余的杂草（这种野雏菊到了夏季是可以齐腰的），播下种子，也许会开出几十朵花。兴致勃勃地谋划了好些天，最终却放弃了：操场毕竟不是花圃，难免有一天被铅球砸折了花茎，岂不可惜？

　　总感觉葵花是异域的花，她与中国的味道是格格不入的。低缓的山丘上，青绿的牧草间，原色的木篱断断续续地围出一片活泼的金黄，整齐如凡尔赛宫修剪过的灌木丛，远处草地融入蓝天的地方，有一座红色尖顶的木屋，这是属于法国的浪漫。而旷野的几枝昂着高傲的头颅，插在圆肚的白瓷花瓶中，又是早被那个葵花一样的梵·高给了荷兰的。

不错，葵花在中国是不入流的花。虽说"此花莫遣俗人看，新染鹅黄色未乾"，但雅士们又有几个真正爱葵花的呢？中国的文人，爱的是"病如西子胜三分"的阴柔怯弱，于是中国的花，多是可以趁着月色来看的。黄昏时的一钩娥眉，凄冷如许，月下林和靖的梅妻疏影横斜。碧波中荡着上弦月，浮萍在小舟前静静划开，又在小舟后悄悄聚拢，初开的莲瓣中漾满如水的月光，是江南女子在"乘月采芙蓉"。高墙里的海棠，东坡不在正午细看，却待月转回廊、香雾空蒙时，挑着红烛来惊起美人的梦。月色添了花的娇怯，而花弱不禁风的病态，最惹墨客们爱怜。但葵花，偏偏是明媚而不见娇弱，活泼而不见矜持，天真而不见妖媚，于是只好任她那么泼辣地开着，谁也不过多地过问。葵花灿烂的颜色须得趁着阳光才好，若是非要遮上一层朦胧月色，明丽的花盘便黯淡了下来，只剩下丝毫觅不见婆娑的身影，倒有效颦之嫌了。韦庄早就说过"月下似矜倾国貌"，大方的女子扭捏起来，反倒不自在了。

葵花确是天真的花。便是月下来看，也不忍将她比作东施，不如说更像左思《娇女诗》里"浓朱衍丹唇，黄吻澜漫赤"的小女纨素，以月自饰，却添丑态，弥见娇憨。至于午时咧着嘴儿向着太阳笑的葵花，想来想去，竟是像那个撕扇子的晴雯，天真而率性。

其实也曾在墙根下种过几棵葵花，只可惜她们在钢筋水泥的夹缝中长得很不成器。自古少有人采葵花，说是因为要留它结籽，实在是不懂文人的癖性。结果的桃啊杏啊，也不妨成枝地折来，怎会吝惜葵花？真正的原因是，葵花不能簪发。古代女子高耸的倭堕髻，本该衬得起葵花硕大的花盘的，可是，如同苏东坡所说"葵花虽粲粲，蒂浅不胜簪"。说也奇怪，葵花短短的蒂竟似有无限的力量，能托着花朵执著地追着太阳。不需人采，也就没有了种红药的那种"年年知为谁开"的惆怅，它是为太阳开的。所以，种葵花是完全快乐的。萱草可以忘忧，葵花也可以忘忧，只不过，萱草驱尽忧愁后，留下的是温馨和宁静，而葵花从不懂忧愁，她只让你听见金色的花瓣和阳光碰撞发出的"咯咯""咯咯""咯咯"的笑声。

惟有葵花向日倾。

25 端午：明朝端午浴芳兰

中国的节日，纵然习俗再多再复杂，也总能概括成一个符号，给人一个清晰而生动的印象。譬如除夕的印象是饺子，春节的印象是鞭炮，清明的印象是满眼青绿上覆着的雨，中秋的印象是深蓝天幕上的圆月。而端午的印象，则是气味。

这气味的基底，来自艾草。小时候的端午节，家家户户都在门口倒挂一束艾草，起先是苍翠的颜色，不几天开始打蔫，叶子上的白色绒毛变得抢眼，看起来成了霜绿色，再几日，渐渐枯黄，在暑气里成了一把干草，也就摘下来丢掉了。这些变化，总得小半月的时间。这期间，楼道里一直弥漫着若有若无的艾草味道，清苦而悠长，成了端午节最准确的不可或缺的信号。其实艾草的香味算不上中规中矩的香气，它不同于花香的温柔馥郁，反而是有些苦涩清冷，更类似于中药的气味。《红楼梦》里宝玉曾说："药气比一切的花香果子香都雅。神仙采药烧药，再者高人逸士采药治药，最妙的一件东西。"于是因了这艾草的气味，明明是普普通通的老旧的居民楼，竟然也有了一些不坠凡尘的雅致了。

古人认为艾草可以辟邪驱毒，而端午前后阳气最旺，艾草长势茂盛，气味也最为浓烈，因此采来悬于房门，用以辟阴邪。早至南北朝的《荆楚岁时记》中就已记载了"采艾以为人，悬门户上，以禳毒气"的场面，其后每逢端午，亦必少不得艾草。陆游在《乙卯重五》中说："粽包分两髻，艾束著危冠。"可见在当时，把艾草簪在帽子上，是属于南宋临安人的"夏日时尚"。文天祥《端午即事》中说得就更加直白："五月五日午，赠我一枝艾"，不仅自己簪带，以艾草赠人，也是一件时髦的事情。

艾草的气味里，点缀着的是粽子香。粽子的味道可就温暖多了，蜜枣的甜香，箬叶的清香，还有糯米的粮食香，煮好后锅盖一掀，勾人馋涎。我总觉得艾草和粽子两种气味简直是天作之合，就像一瓶木质香调的香水中加了粉红胡椒和橙花，这轻盈甜蜜的前调在檀香深沉内敛的后调中闪烁、跳跃，共同构成了让人欲罢不能的味道，缺了哪一个都不再完整。

而吃粽子的历史，确实也并不比簪艾草短。"粽"字古又写作"糉"，汉代许慎的《说文解字》将之解释为"芦叶裹米也"，大概是一种不分节令的家常吃法。至西晋，《风土记》中则明确提到了"角黍"一词："仲夏端五，方伯协极。享用角黍，龟鳞顺德。"此时的"角黍"，已经和端午联系在了一起，成了我所谓"节日垃圾食品"中的一种。至唐代，粽子开始被包成锥形、菱形，外观上和今天已然十分相似。这种形状的粽子，小巧可爱，终于具备了节令食品的另一个要素：方便馈赠。当时流行一种"九子粽"，就是把形状各异的九只粽子连成一串，大的在上、小的在下，再以九种颜色的丝线联结，五彩缤纷，煞是好看。唐玄宗《端午三殿宴群臣探得神字》诗中有云："四时花竞巧，九子粽争新。"可见，就算是皇家，也是喜欢这九子粽的。

其实说来也有趣，清明时，艾草榨汁，糯米磨粉，二者混合制成青团，而及至端午，它们又用这样的方式再次相遇，真真也算得上是前缘未尽，悱恻缠绵了。不知大门开时，门前的艾草和桌上的粽子，是否会彼此凝视，互相道一声"别来无恙"呢？

还有种味道，是古今有别了，便是这"兰汤"的味道。这文绉绉的名字，其实也就是洗澡水罢了。端午是入夏的标志，小时候，不像现在有热水器和浴室风暖，只有夏天才有每日沐浴的条件。当然，汗涔涔的暑天，沐浴也是必须的，是令人愉快的。我记得那个时候，一到了这个时节，母亲会烧上一锅热水，在大浴盆里兑成合适的温度，然后倒进两瓶盖"六神"花露水，用毛巾蘸着，给我擦一遍身体。其实不知道这被稀释过上千倍的花露水究竟还有没有驱蚊的效果，不过洗完后浑身清凉舒爽却是真的。淡淡的花露水气味，就这样留在了凉席上、夏被里，留在了满巷子的孩子身上，也留在了我们这个年纪的人关于端午的记忆里。

其实古人于"兰"，是不太细分的，凡是香气清雅的花草，都可称之为兰，所以在有"六神"之前，兰汤虽带个"兰"字，实际上多半也是绿油油一盆"中药汤"。我总觉得用这些花花草草来煎洗澡水，最初应当是 "重度兰花爱好者"屈原的创举。毕竟他曾写过滋兰、佩兰、纫兰、搴兰、刈兰等一系列关于兰的操作，拿兰来泡个洗澡水，对他来说应该是很容易想到的事了。而《九歌·云中君》

中更是直接点出了"浴兰汤兮沐芳，华采衣兮若英"，也许就是"兰汤"这个词的出处了。当后世把屈原附会成端午节的由来，兰汤也随之成了端午节的习俗，不知是一桩奇妙的巧合，还是人们有意为之，总之，到了《荆楚岁时记》的年代，"五月五日谓之浴兰节"已成了约定俗成的事实。唐宋时期，浴兰已然成为端午最重要的仪式。苏轼有一首《浣溪沙》，描述了端午节前夕的种种准备工作：

轻汗微微透碧纨，明朝端午浴芳兰。

流香涨腻满晴川。

彩线轻缠红玉臂，小符斜挂绿云鬟。

佳人相见一千年。

排在第一位的便是"浴芳兰"，可见是多么重要啊。

而古时候的兰汤，是什么味道呢？《五杂俎》记载："兰汤不可得，则以午时取五色草拂而浴之"。究竟是哪五种草，似乎也并没定论，多半是就地取材，只要味道不至于难闻即可，其他似乎全凭个人喜好了。在广东，流行用艾、蒲、凤仙、白玉兰等花草，而在湖南、广西等地，则用柏叶、大风根、艾、蒲、桃叶等，都是些能够清热解毒的药草，功效应当与"六神"类似，但我总觉得味道怕是并不怎么好闻。今天若真是按古法煮这么一盆浑浊青绿的汤药，怕是也没人愿意用它洗澡吧。

莫说古法的"兰汤"不再盛行，其实现在用"六神"洗澡的孩子也不多了，甚至连艾草的香味，都慢慢淡了。记忆中端午的味道，一年淡过一年，可终究不曾消散。2021年端午，我终于想起买了一捆艾草，打开盒子，那股熟悉的味道扑鼻而来，于是从前的那些记忆被这气味勾着，又一一浮现了出来，儿时的端午，就在这个小小的快递盒中，倏然复活了。

原来，所谓的仪式感，有时就是这么一棵草，几片叶。而这草，背后藏着的却是中国人几千年的浪漫情怀。

26 云：万里无踪碧落边

本想给"云"这个题目加个定语凑一个双音节的词汇，可思索许久，实在是没什么合适的。

白云吗？倒是符合我们对云的第一印象，但往细了想，云分明又不止是白色的。高适有"千里黄云白日曛"，李贺有"黑云压城城欲摧"，陆游有"鱼行池面红云散"，白居易有"骊宫高处入青云"，这五颜六色几乎都有了，再说"白云"，未免就太狭隘了些。

浮云吗？乍看有理，云嘛，就是飘飘荡荡浮在半空中的一朵，下无所托，上无可悬。可实际上你看多了就会觉得，"浮"这个词，也不总能描摹得出云的形态。比如"山雨欲来风满楼"之前，是"溪云初起日沉阁"的景象，这云便不是浮着的，而是从天边滚滚而来，似乎是从水天相接处生出这许多云团。再比如，云淡而风骤时，那云便成了流动的。尤其是月明星稀的夜晚，月辉下的一丝一缕，有风过处，宛如素练流转。所谓"一声横玉吹流云，厌厌凉月西南落"，又或者"天河夜转漂回星，银浦流云学水声"，这"流云"若换作"浮云"，都牵强得很。

其实也不怨我找不到合适的词，而是云本就太过多变。杜甫说"天上浮云如白衣，斯须改变如苍狗"，云实在是太变幻莫测，莫说是只大黑狗，盯着看久了，这世上有的、没有的，云都能给变出个样子来。

要说看云，夏季是最好的时候。春天的云太过温柔散漫，秋天的云往往又稀薄寡淡，至于冬天，多是阴霾笼罩的天气，乌蒙蒙的云层满布天穹，终究没什么好看的。只有夏天不然，夏天的云真是多变而好看。

唐寅说"晓看天色暮看云"，是有道理的。北京的夏季，常常在傍晚时候变天，此时的云，看起来最是有趣。一阵风云激荡后，又突然雨住云收，"西边日落东边雨"是很常见的景象。于是，一边是未及散尽的彤云，灰蒙蒙的，压在天际，另一边是澄澈的蓝天，临到傍晚的阳光虽不刺眼，却仍是金灿灿、明晃晃的。两边的交界处，高高低低的云朵，高处的白一些，近处的灰一些，高处的厚一些，近处的薄一些，高处的一团一团，近处的一缕一缕，在半黑半蓝的底色上挥洒，画出晴与阴之间潇洒的渐变。

向东望去，立在天幕下的高楼犹如时尚影棚里的模特，灰黑色的幕布上悬着若隐若现的半弯彩虹，精心布置的镁光灯亮起，勾勒出它们硬朗锋利的线条。这是我为数不多的会为这些高楼的美而惊叹的时刻。面向西边的玻璃幕墙，清晰地印衬着白云和蓝天，落日的光辉被反射回来，一眼望去，仿佛密布的阴云被这道光撕开了个口子，一片方方正正的晴天，就嵌在这风雨的缝隙里。这场景若是李白得见，又不知会有多么惊世骇俗的句子，不知多少人，会疑他是醉中所见。

西边也好看，不过要再晚上半个钟头。等太阳快要沉进山峦，光线开始渐渐变暖，东边的阴云继续暗下去，几乎成了铅灰色，而云的边缘，却突然亮起一道金边，勾勒出诡谲的线条。再往西，橙红色的天空晕染着一些粉色和紫色，飘飘荡荡的几朵浮云，像金丝雀轻盈的羽毛。这是只有夏天才能见到的景色，是属于夏天的壮丽和浪漫。

而这些，又岂是用一字一词能够描绘得出的？所以古往今来，写云的诗虽多，却大多是描摹一时一瞬之态，如同册页小品，唯有齐己的一首《看云》，算是给云作了一幅旖旎长卷：

何峰触石湿苔钱，便逐高风离瀑泉。

深处卧来真隐逸，上头行去是神仙。

千寻有影沧江底，万里无踪碧落边。

长忆旧山青壁里，绕庵闲伴老僧禅。

　　说到底，这云终究是要"万里无踪碧落边"的，管它是什么颜色、什么形态，恬淡也好，汹涌也罢，终究要归于平静，只留下万里碧落，一片虚无。

　　既如此，又何必给云个定义？这世上的束缚本就太多，留下这么一桩随心所欲、不可名状的事物，也算是给看云的人留了一点念想、一点安慰吧。

27　莲花：此花端合在瑶池

周敦颐说莲是花之君子，不是的，莲是才女。

莲是叛离了儒教的。疏狂的水本该属于老庄，莲与水的喁喁低语，细听来该有些《南华经》的味道吧。或者，静静地一朵拈在佛手，看惯了江南的四百八十寺，莲参着自己的野狐禅。濂溪一位儒学大师，怎读得懂莲啊？

莲素面朝天——才女都是有些傲气的。莲的颜色，是那样一种真真切切的水红色，不是胭脂的红，不是朱砂的红，更不是海棠的红、牡丹的红，那是一种只属于莲的色彩。南宋画师在绢帛上的精心设色太过厚重了，倒是潘天寿几笔天然墨色更得莲的真趣。莲从不雕饰自己，却也不会拒绝被欣赏。风中的婆娑，月下的静默，水面清圆，莲叶田田，芙蓉向脸，微步凌波，莲微笑着，美得惊世骇俗。

可是，莲的心里是苦的。莲是才女，莲有自己的见识、自己的追求，于是便有了自己的苦闷。莲拒绝一切狎昵，"可远观而不可亵玩焉"，因为莲在守望。

　　曾有一好友说，莲是最媚的花，听罢心头一惊。刘禹锡说"池上芙蕖净少情"，才是不懂莲。他懂莲，可又不完全懂。他看得出莲雍和静定的外表下并不是淡薄如女道，而是有着一种不安分，他称之为"媚"。但其实，那是莲的守望。莲在守望什么？莲不知道，莲只知道那是一种古典与唯美，一种让她的生命值得为之存在的圣洁的理由。也许那是西陵下的松，是金明池畔的柳，是爱情或者操守，也许都不是，只是一个现实中未必存在的遥远的信念。其实，就像梁衡说的，没有守望，莲也一样可以绽放，然后凋零，听世人的啧啧称赞，像牡丹她们那样，永远不知忧愁。但莲是超俗的，她不愿仅仅成为一种被人们玩赏的景观，默默接受程朱理学下女子程式化的悲剧命运，她要寻求生命的价值。所以莲高出百花之上，莲是才女。

　　莲像苏小小，也像柳如是，但莲不是。莲从不流露出心里的苦涩，从不做出病恹恹的神态，她压抑着那份守望，总是那样清雅，带着端庄而骄傲的笑。这是莲的涵养，莲的尊严，更是因为这守望只是属于莲的，是生命的奢侈和孤独，注定要一个人慢慢咀嚼。也许所有的生命，都该有这样一份守望，一份对生命意义的苦苦的叩问。

喜欢陆龟蒙的《和袭美木兰后池三咏·白莲》诗：

素花多蒙别艳欺，此花端合在瑶池。

无情有恨何人觉，月晓风清欲堕时。

真道尽了莲的清高与寂寞。

读余光中《莲的联想》，于是爱上了莲。为了梦中几瓣多情的水色、一缕清绝的诗魂，情愿做《回旋曲》中垂死的泳者，泅一个夏天游向她的影。可是且慢，莲情愿吗？采到的瞬间，莲幻化为朦胧，宛在水中央。莲不属于你，不是任何人的附庸，莲给你的，永远只是一个不冷也不暖的藕荷色的梦。而莲，依旧在孤独守望，倔强地，苦苦地，用美守望着生命。

莲花峰下攻读理学的周茂叔不懂莲，梁元帝御苑里的妖童媛女不懂莲，甚至莲花座上俯视众生的佛，也未必懂莲。真正懂莲的，或许只有古诗中撑着木兰舟的莲一样的女子吧：

涉江采芙蓉，兰泽多芳草。

采之欲遗谁？所思在远道。

莲的所思，亦在远道。

28　西瓜：凉争冰雪甜争蜜

夏天，从来离不开西瓜。

谁的童年没有过几件沾满淡红色西瓜渍的汗衫呢？小时候，我家住着一间不太大的平房，里外两间，门外一只煤球炉、一块木案板，就算是厨房了。巷子不长，十几户人家早已相互熟识，各家的孩子，大的七八岁，小的三五岁，都放了暑假，凑在一起，也成了浩浩荡荡的一支"童子军"。门口案板上切西瓜的声音，就成了这支小队伍的集结号，他们总能在鲜嫩的瓜刚刚裂开，发出"咯嘣"一声脆响后，满脸欢欣地出现在你面前。西瓜有时熟得透些，有时还泛着白，大人们切瓜时，总带着些忐忑的期待，而孩子们并不介意。他们在乎的，是自己能不能抢得到最大的那一块。好在那时候的瓜总是很大，长长圆圆的，分给一家老小和几个孩子，总是绰绰有余。孩子们一人分得一牙切得歪歪扭扭的瓜，几口下肚，又一哄而散，继续掏鸟蛋、粘知了去了。而西瓜汁，就这么挂在每个人的胸前，活像是这场战争留下的军功章似的。

西瓜汁是极难洗净的，而大人们，也多半不会和它作对：今天洗完了，也许明天就又挂了彩。也许，再过一年，这件衣服就穿不下了；或是再过一年，他就再不会把西瓜吃得满身都是。毕竟，孩子们总是在一瞬间，就偷偷长大了。

长大一点的我，暑假被作业和兴趣班填了个密密实实，动得少了，胃口也就不那么好了，对吃就变得格外挑剔。于是，我家的西瓜，也变出了新的花样。无籽瓜，黑皮瓜，有的满肚子沙瓤，有的黄莹莹的瓤清新可人。瓜会被母亲切成小块端进我的房间，一口一块，是夏夜读书时最好的消遣。清代纪晓岚曾写道：

> 种出东陵子母瓜，伊州佳种莫相夸。
> 凉争冰雪甜争蜜，消得温暾顾渚茶。

燥热的夏夜，这又冰又甜的西瓜带来的爽快，确实是要比温暾清茶强太多太多了。

再一次大口地吃西瓜，是到了大学时代。那个暑假，我和朋友相约在长沙游玩，正值七八月，长沙这座"火炉"

可不是浪得虚名的，一天下来，总是口干舌燥，大汗淋漓。回酒店的路上，买一个西瓜，篮球大小，青绿喜人。让小贩帮忙，从中间一切为二，清甜的味道瞬间从水红的西瓜瓤中弥散开来。从楼下的米粉店打包两份牛肉粉，求店主给两个不锈钢餐勺，回到屋里，打开空调，嘶溜嘶溜嗦完米粉后，擦干满头的汗，一人捧一半被冷风吹得凉津津的西瓜，用勺子挖着大口大口地吃。外面昏黄的天色，半弯月亮刚刚浮上来，江边孩子的嬉笑声飘在半空中，我们在落地窗前吃着西瓜，只觉得，这人间真好。

西瓜就是有这般神奇的魔力。在夏季，有了它，一切就突然变得简单爽朗了起来。就连那个曾经写下过"人生自古谁无死"的大义凛然的文天祥，在夏天切开一个西瓜，也不免写下了这样轻松愉悦的诗句：

拔出金佩刀，斫破苍玉瓶。

千点红樱桃，一团黄水晶。

下咽顿除烟火气，入齿便作冰雪声。

长安清富说邵平，争如汉朝作公卿。

在他眼中，这清凉如冰雪的西瓜，一口下肚，连俗世的烟火气，都尽皆除去了。文天祥是天生带一身傲骨的，对他来说，吃瓜是脱俗的快乐。而对于酷爱人间烟火气息的明代人来说，他们眼中的食瓜，则又是另一种快乐。明代诗人李东阳曾写道：

玉盘秋露水精寒，冰齿馀香嚼未残。

暑月为君清到骨，不知身在画中看。

众人相聚，切开一个西瓜，一边吃，一边闲话着家常，这是俗世间的场景，却又宛如在画中，俗和雅，此刻早已模糊了界限，只有西瓜带来的那份爽快，是不争的事实。

是啊，也许这一生中，最让人放不下的，不是什么山珍海味、仙茗佳酿，而恰恰是酷暑中的一个西瓜，真实、纯粹，就像孩提时代的暑假，简单而快乐。

29　莲子：一嚼清冰一咽霜

莲子，是独属水乡的浪漫。

"江南可采莲，莲叶何田田"，从汉代起，采莲就是江南女子再常见不过的劳作，她们采的，有花有叶，更有莲子。莲是水乡天然的恩赐，莲叶荷花装点着夏日的水面，而莲子和莲藕，则滋养着人们的脾胃和心灵。一方荷塘，是多少诗意和爱情的起点。

朝登凉台上，夕宿兰池里。

乘风采芙蓉，夜夜得莲子。

亭亭玉立的出水芙蓉，淡红、雪白；莲蓬中的颗颗莲子，饱满、新鲜，姑娘在清朗的月色中采着莲子，沉浸在与心上人双宿双飞的幸福之中，于是这再常见不过的江南景色，在她的眼中，都是如此浪漫美好。

当然，并不是每段爱情都有这样长相厮守的结局，比如《西洲曲》中的这位：

> 采莲南塘秋，莲花过人头。
>
> 低头弄莲子，莲子清如水。
>
> 置莲怀袖中，莲心彻底红。
>
> 忆郎郎不至，仰首望飞鸿。

对她来说，莲子是对远方爱人道不尽的柔情，只能偷偷藏进衣袖，就如同藏在心底的那份思念。

而更大胆一些的女孩子，是不会满足于偷偷想念的，于是，莲子成了她的定情物：

> 船动湖光滟滟秋，贪看年少信船流。
>
> 无端隔水抛莲子，遥被人知半日羞。

采莲的少女和泛舟的少年相遇，突如其来的爱情让她忘记了摇桨，船儿随流飘荡，少年渐渐远去，情急之下，她抓起船上的莲子向少年抛去，却被伙伴看到了，顿时羞涩难当，双颊绯红。是呀，在江南，这可是人人都懂的暗号。

莲子，怜子。婉转的两个字，道出了多少千回百转的情愫。

　　我家乡那座小城，离微山湖不算远，京杭大运河古老的航道穿城而过，虽不是江南，却也称得上水乡。对旁人来说，微山湖是莲叶、荷花、芦苇荡，而对生长于此的人来说，它是莲子、鲤鱼、野鸭蛋。新摘的莲子，易得而美味。杨万里有诗道：

> 白玉蜂儿绿玉房，蜂房未绽已闻香。
>
> 蜂儿解醒诗人醉，一嚼清冰一咽霜。

　　杨万里是个"吃莲子专业户"，苏轼曾"日啖荔枝三百颗"，他则放出狂言，要"醉嚼新莲一百蓬"。新莲恰在这个时节，是最好吃的。早几天则嫌太嫩，剥开皮只得一汪清水，若是再晚些，莲心就生了苦涩，莲子也长得更实，嚼过有碎渣，不再是脆生生的"一咽霜"了。那时的莲子也便少了些不似人间烟火的清雅滋味，就只能晒干做汤粥。黄庭坚曾写过：

> 新收千百秋莲菂，剥尽红衣捣玉霜。
>
> 不假参同成气味，跳珠椀里绿荷香。

　　成熟的秋莲，捣碎煮粥，碗中尽是绿荷的清香。小时候我爱极了吃粥里的莲子，家里每次煮莲子粥，父亲总会把他碗里的挑出来，吹凉了给我，我就着他手中的勺子吃下，嚼得美滋滋的。母亲总在一旁笑说，你要把丫头宠上天啦。

自从工作后，就没了暑假，再剥个微山湖的莲蓬，也就成了奢望。2020年夏天，突发奇想休假回家，父母喜出望外，一家人终于又一起去了一次荷花盛开的湖畔。湿地的木栈道两侧，荷花高高擎起，荷叶亭亭如盖，微风过处，隐现着黄绿的莲房。触手可及之处，莲蓬早已被摘了个精光，稍远一些的，又太难摘，我试了几次，一颗莲子也没得到。父亲笑着，不知从哪儿捡到一根长长的树枝，又寻来一截锈蚀的铁丝，弯成钩，要了母亲扎头发的头绳，把钩子牢牢绑在树枝一头，手持着另一头，向远处的荷花丛中一探，一根结着大莲房的茎干就被勾了过来。父亲摘下莲蓬递给我，又去寻找下一个目标，忙得不亦乐乎。不一会儿，他的衬衫被汗水打湿了大半，而我的怀里有了一大把莲蓬，母亲有了朵盛开的荷花，弟弟的头上，也有了一顶碧油油的荷叶帽。路过的一对情侣，女孩子投来了羡慕的目光，男孩为难地笑笑，犹豫着不知该不该开口，问一句这工具究竟是哪里得来的。

最终他也没开得了口。两人就这么走远了，女孩一步一回头的背影里，还都是满满的遗憾。母亲看着他们，突然感慨万千地说，丫头，永远都不会再有人，像爸爸对你这么好了呀。

我庆幸还在水边打莲蓬的父亲此时没有回头，不然他会看到，他的傻丫头抓着一把莲子，站在那里，满眼噙着泪。

莲子，怜子。原来比爱情更难道尽的，却是亲情。

30　苦瓜：诸方乞食苦瓜僧

在吃苦瓜这件事上，我自认是个俗人。

有人爱极了苦瓜，在他们口中，苦瓜嚼时两颊生津，咽下苦尽甘来，是夏季餐桌上不可多得的美味。若是你显露出对苦瓜的嫌弃，他们还会劝你，苦瓜"除邪热，解劳乏，清心明目"，有着千般好处。甚至，陈奕迅的歌词也会在这个时候出场："珍惜淡定的心境，苦过后更加清……到大悟大彻将一切都升华……"

看，吃个瓜竟吃出了参禅的味道。那么不妨把苦瓜从食材中划掉吧，相比于厨房，也许厅堂更适合它。毕竟，青碧如玉的外表算不得难看，配一串杨梅或者两朵白荷，作一例清供，倒是比加橄榄油和食盐的清炒来得更讨人喜欢。

当然这也不是没有先例。

清代著名画家石涛，就是一位苦瓜的狂热爱好者，据说餐餐不离苦瓜，甚至把苦瓜置于案头朝拜，后来干脆给自己起了个雅号，叫做"苦瓜和尚"。明末清初的一代文人，身处那个山河破碎的动荡年代，给自己起的名号总是有些"非主流"，他们秉承着"贱名好养"的原则，带着朝不保夕的悲情，信手拈来一个名字，看似随意，却常常意外地带些妙不可言的苦禅意味。比如朱耷，给自己起的诸多名字中，除了众所周知的"八大山人"，还有"驴汉""个山驴"，而石溪则干脆直面"发际线危机"，自号"白秃"。这样看来，也许石涛是某一天吃完苦瓜，信手在新画好的画作上提了个"苦瓜和尚"，从此就以之为号了。于情于理，这完全说得通，毕竟在那个时候，苦瓜是一种再常见不过的食物。

相传苦瓜是郑和下西洋时带回中国的。初来乍到时，苦瓜是个稀罕物，常作为珍贵的食材出现在富贵人家的餐桌上。《金瓶梅》中曾写到西门庆招待胡僧：

又是两样艳物与胡僧下酒：一碟子癫葡萄、一碟子流心红李子。落后又是一大碗鳝鱼面与菜卷儿，一起拿上来与胡僧打散。

这"癞葡萄",即是苦瓜。

瓜本就是极易生长的植物,中国人在种植业上向来又有着超乎寻常的天赋,于是苦瓜很快便长成了气候,成为再寻常不过的食材。《救荒本草》中,苦瓜甚至被列为救荒作物之一,建议"救饥采锦荔枝黄熟者食瓤"。所以石涛离不开苦瓜,究竟是因为喜爱,还是迫于生计,其实谁也说不好。石涛曾写过一首诗:

> 诸方乞食苦瓜僧,戒行全无趋小乘。
>
> 五十孤行成独往,一身禅病冷于冰。

真是每个字都透着苦涩。

当然,有钱人家吃苦瓜,花样就很多了。明代《永乐大典》残卷中有"用肉蚬和煮之侑食",像极了苦瓜酿肉;清代《恒春县志》中有"以豆豉蒸食之,甚佳",应当就是豉油苦瓜。

为了让自己接受苦瓜的味道,我也曾试过这些做法。新鲜苦瓜切段,除去瓜瓤,上好的五花肉,掺入香菇虾仁,细细地剁成肉馅,塞进苦瓜段,淀粉封口,热油锅里煎至两面金黄,浇入混合了蚝油白糖的水淀粉勾芡,大火收汁，出锅装盘。形色俱佳，撩人食欲。

我迫不及待地尝了一口，不禁大失所望。苦瓜的味道一丝一毫都没有被削弱，在肉馅的咸鲜和芡汁的甜香下，依然清晰可辨，历历在口。于是我索性彻底放弃了抵抗，甘心做一个吃不了苦瓜的俗人，把苦瓜里的小肉丸一个个掏出来，美滋滋地吃了盘"糟溜丸子"。

最后一个丸子下肚，我恍然意识到这盘菜的奇妙之处：苦瓜的苦味，不仅无法被种种味道浓郁的食材所掩盖，而且竟然全部都保留在了苦瓜里，一点也不曾沾染其他食材。

于是突然明白，原来古人叫它"君子菜"，真是再贴切不过："其味甚苦，然杂他物煮之，他物弗苦，自苦而不以苦人，有君子之德焉。"

也许石涛对这个信手拈来的雅号颇为满意，原因也正在于此吧，不被俗世改变，也不试图去左右他人，富贵不淫，贫贱不移，不失本心，不嫉俗世，求和而不求同，这不正是君子所求的人生境界吗？

最终，我还是没能爱上苦瓜的味道，我却爱上了苦瓜本身。我想，仿效石涛清供一盘苦瓜于堂中，也许真的未尝不可。

31　冰棍：雪到口边销

过了芒种，北京就仿佛开启了高温蒸煮模式。当你躲在空调间里吃冰淇淋的时候，有没有好奇过，古人在炎炎夏日，能不能吃上一口冷饮呢？

说出来你可能不信，中国人其实从 2000 多年前开始，就已经在夏季吃冰饮了。当时的人们会在寒冬之时凿取冰块，藏于阴冷之地，待盛夏取用。《诗经》中的《国风·豳风·七月》有云：

> 二之日凿冰冲冲，三之日纳于凌阴。

古人称冰曰"凌"，这"凌阴"就是藏冰之处了。相应地，还有个词语叫做"凌人"，就是为皇家专门掌管藏冰和供冰事务机构的官员了。

《周礼·天官冢宰》记载：凌人掌冰。岁十有二月，令斩冰，三其凌。春始治鉴。凡外内饔之膳羞，鉴焉。凡酒、浆之酒醴亦如之。

可见这时的冷饮，还是比较简单且金贵的，通常是在祭祀或者大宴宾客时食用，吃法一般就是把冰块拿出来冰镇甜酒，大概相当于今天的冰镇啤酒吧，虽然简单，却也清爽。

一直延续到秦汉时期，这种冰镇吃法依然是冷饮的主流，只是人们慢慢发现"万物皆可冰"，不再仅仅满足于甜酒了。三国时曹丕的《与朝歌令吴质书》云：

驰骋北场，旅食南馆，浮甘瓜于清泉，沉朱李于寒水。

可见这时，什么冰镇甜瓜，冰镇李子，都成了贵族们的消夏食品，这与今天的吃法，已经没有多大区别了。

但古人的会玩程度，有时候远远超出我们的想象。唐代一度流行一种冰镇小吃，有幸被杜甫的诗记载了下来：

青青高槐叶，采掇付中厨。

新面来近市，汁滓宛相俱。

入鼎资过熟，加餐愁欲无。

碧鲜俱照箸，香饭兼苞芦。

经齿冷于雪，劝人投此珠。

……

新鲜的槐树叶，挤出青绿的汁液，以之和面，抻成面条，煮好后过冷水，配上几样时令青菜，入口冰凉如雪。这在今天我们通常叫它"朝鲜冷面"，而在唐代，它叫做"槐叶冷淘"。不管这面好不好吃，就冲这个充满诗意的名字，我就认定了这一定是唐代最优秀的冷食。

比唐人更会玩的是富有而且擅长享受生活的宋人。在宋朝的大街上，甚至开起了专门的冷饮店。《清明上河图》中，有一个摊位上方挂着"饮子"招牌，就是一间专卖冷饮的店铺了。冷饮的种类五花八门，按照《事林广记》《武林旧事》等史料的记载，多达几十种：荔枝膏水、苦水、白水、江茶水、杨梅渴水、香糖渴水、木瓜渴水、五味渴水、雪泡缩皮饮、杏酥饮、紫苏饮、香薷饮、梅花酒、皂儿水、沆瀣浆、漉梨浆、卤梅水、姜蜜水、绿豆水、椰子水、甘蔗汁、木瓜汁、五苓大顺散、乳糖真雪、金橘团、甘豆汤……

这排面，冰果汁冰茶应有尽有，甚至今天的年轻人赖以"续命"的冰奶茶也出现了，就算是放到今天，也绝对是个时髦少女们必须打卡的网红甜品店。除此之外，宋人还吃上了冰淇淋。杨万里有诗写道：

似腻还成爽，才凝又欲飘。

玉来盘底碎，雪到口边销。

　　这写的是一种叫做"冰酪"的食物，是把蜜糖、牛奶等食物加入冰中制成的。

　　说起这冰酪，本是酷爱奶制品的元代人的发明，大约在十三世纪，马可·波罗将这种食品配方载入《东方见闻录》，传到意大利，被一个名叫夏尔信的人使用。他在配方中加入欧洲人喜爱的果汁，制造出了"夏尔信"系列饮料，迅速风靡意大利，并很快传到法国、英国，从此开启了欧洲人的饮冰历史。所以，说冰激凌是地地道道的"国货"，甚至"文化输出"，可是一点都不夸张。只是冰酪在欧洲发展了一千年，到了民国时期，当它再回到积贫积弱的中国，就摇身一变，成了地道的"洋玩意儿"。那时穿着洋装，坐在贴着西洋画报的冷饮店里吃冰激凌的先生小姐们，也许并不知道自己手中金贵的甜点本是中国人的发明，也许即使知道也不愿承认，毕竟，在他们眼中，一切时髦光鲜的东西，都与这里无关吧。

　　所谓文化自信，正是如此，一旦失去了它，即使面对自家的老物件，也是对面不相识。而今天，当我们重新审视中国的灿烂文化，我们由衷地为祖先的创造力所骄傲，上至庙堂，下至庖厨，无不闪耀着属于中国人的智慧结晶。

炎炎夏日，不如来一根冰棍吧，尝一尝那两千年前，我们的古人也曾品尝过的味道。

秋

金风扇素节，玉露凝成霜。

登高去来雁，惆怅客心伤。

32　立秋：又得浮生一日凉

秋天，从来也说不清究竟是从哪一刻开始的。

当白昼变短，落日开始吝啬起来，收起余晖的时间一天早过一天；当草木渐深，苍绿的枝蔓爬满高墙古道，在清晨的薄雾中挂上白露；当天空湛蓝，一天高过一天，丝丝缕缕的流云开始堆叠，变成柔软而蓬松的一团团。燥热的气温却总会让人以为夏天还没有过去，直到某一天，一片黄叶落下，才让人恍然发现，原来秋天早已到来。

对中国人来说，季节的变迁从不以时间为线索，而是藏在这些细微的物候中。五日为候，三候为气，六气为时，四时为岁，一年二十四节气，物候各不相同。司马光曾有诗道：

老柳蜩螗噪，荒庭熠燿流。

人情正苦暑，物怎已惊秋。

月下濯寒水，风前梳白头。

如何夜半客，束带谒公侯。

在大暑，人们还在闷热的天气中苦苦煎熬，老柳树上聒噪的鸣蝉和满园的流萤，就已经在宣告秋天的到来了。立秋，初候凉风至，二候白露降，三候寒蝉鸣。蝉鸣是夏日最后的喧嚣，也是秋日高亢的序曲。蝉一开口，秋天的滋味就有了三分。

> 林断山明竹隐墙，
>
> 乱蝉衰草小池塘。
>
> 翻空白鸟时时见，照水红蕖细细香。
>
> 村舍外，古城旁，
>
> 杖藜徐步转斜阳。
>
> 殷勤昨夜三更雨，又得浮生一日凉。

苏轼虽称豪放，但对生活的那份细腻，却从来不输任何人。乱蝉，衰草，蓝天下飞过的白鸟，最后一池的红芙蕖，尚不甚短的黄昏斜阳，一场夜雨带来的新凉，这不正是夏末秋初所特有的一切，是我们此刻正在享受着的一切吗？

芭蕉夜雨，梧桐叶落。更深的秋意，则在这潇潇秋雨和簌簌落叶中慢慢织成。

"山僧不解数甲子，一叶落知天下秋。"古人以为，梧桐树通灵，可感知时间。《花镜》中说它"立秋地，至期一叶先坠"。在宋代，每年立秋之日，皇帝总会率百官举行一个盛大的仪式，将栽在天井与阶沿的梧桐移入内阁和大殿，以期望在梧桐树落下第一片叶子时，听到第一声秋天的清响。有如此风雅之事，也难怪宋人眼中的世界，总显得比今天更美一些了。

还有芭蕉。古人种芭蕉，三分为色，七分为声。李清照曾有词道：

> 窗前谁种芭蕉树？阴满中庭。
>
> 阴满中庭，叶叶心心，舒卷有余情。
>
> 伤心枕上三更雨，点滴霖霪。
>
> 点滴霖霪，愁损北人，不惯起来听。

多雨的江南，须得有芭蕉，才不负雨夜。而当这三更的雨声更密了一些的时候，秋日也就更近了一些。"一声梧叶一声秋，一点芭蕉一点愁"，窸窸窣窣，飘飘洒洒，淅淅沥沥，点点滴滴，秋天就这样来了，从容不迫却又不可阻挡。

　　对今天的人们来说，春夏秋冬，一年四时，不过是衣物增减的轮回，而当你用古人的方式去感知每一个物候的变化，你会发现，原来这平平无奇的世界，每天都在变幻着迥然不同的万般风情。

　　秋天究竟始于何时，已经不再重要，或许就连立秋本身，也不过是个一厢情愿的符号。当一草一木感知到它，它便悄然开始，当万物生灵响应了它，它便占领了世界，年复一年，永不停歇。

33　秋雨：绣被微寒值秋雨

急性子的人，最受不了秋雨。一入秋，雨水就一改夏日的泼辣，仿佛伶牙俐齿的小花旦唱罢离场，老旦颤颤巍巍地来了，拐杖一杵，台中坐定，咿咿呀呀地唱了起来，不紧不慢，没完没了，一打盹半晌过去，她竟还在那里念着。

秋雨就是这样，不知何时开始，更难说多久会停，就这样淅淅沥沥，淅淅沥沥，交织在整个秋天里。

"秋风秋雨愁煞人"，这话其实倒也不尽然。起先的一两场秋雨，倒并不愁人，雨来消暑，反倒是令人有几分期待。白居易曾为一场新雨作《雨后秋凉》，诗中说道：

> 夜来秋雨后，秋气飒然新。
>
> 团扇先辞手，生衣不著身。
>
> 更添砧引思，难与簟相亲。
>
> 此境谁偏觉，贫闲老瘦人。

　　一场夜雨扫尽溽暑，空气中弥漫着潮湿清凉的味道，团扇可以放下了，却也不至于冷到需要加衣的地步，这样的时节，自然是最令人愉快的。

　　而一旦过了中秋，再有这样一个秋雨潇潇、寒意渐生的夜晚，怕是就难熬一些了。雨声、蛩声、梧桐声、芭蕉声，这些足以塞满一个漫长的秋夜，也足以偷走一位诗人的睡眠。

> 　当时心事偷相许，宴罢兰堂肠断处。
>
> 　挑银灯，扃珠户，绣被微寒值秋雨。
>
> 　枕前各泪语，惊觉玉笼鹦鹉。
>
> 　一夜万般情绪，朦胧天欲曙。

　　冯延巳笔下的这位女子，点一盏孤灯，听着窗外的雨声，辗转反侧，直到天亮。与其说是秋雨中绣被微寒难成眠，不如说是万般相思情绪搅得人心烦意乱。

　　一夜秋雨，注定无眠。李清照一句"寻寻觅觅，冷冷清清，凄凄惨惨戚戚"，十四个字，道尽了秋雨夜的意境，也写绝了不眠人的心境。在这些辗转难眠的夜晚，李商隐看着涨满的秋池期盼过"何当共剪西窗烛，却话巴山夜雨时"；王建在堂前的一盏孤灯中怀念过友人"自披衣被扫僧房"；徐再思听着梧桐和芭蕉感慨过"枕上十年事，江南二老忧"；而曹雪芹，也借着黛玉之笔，描画过一个"罗衾不奈秋风力，残漏声催秋雨急"的凄清惨淡的夜晚。一场秋雨贯穿千年，挑逗着离人思妇的心事，浸润着文人墨客的笔尖。

但也有例外。白居易就曾写过一场闲适的雨夜睡眠：

> 凉冷三秋夜，安闲一老翁。
>
> 卧迟灯灭后，睡美雨声中。
>
> 灰宿温瓶火，香添暖被笼。
>
> 晓晴寒未起，霜叶满阶红。

窗外秋雨淅沥，屋内"老翁"安然"睡美"。朝来新寒，红叶满阶，烘瓶中火已燃尽，再添一笼香，有的是时间可以赖床。这份怡然自得，唯有心无所虚、清静淡泊之人，才有福分消受吧。

"若无闲事挂心头，便是人间好时节。"说到底，秋雨惹动的，不过是心底闲事罢了。若是能把心放宽，这凉爽宁静的雨夜，恰恰最宜安眠。

34 秋水：南湖秋水夜无烟

如果说有哪个词，给人的联想远比它本身更美，那"秋水"一定算一个。

自庄子一篇《秋水》起，秋与水便不再是简单撮合在一起的两个意向，而幻化出了更加自由、浪漫、磅礴的景象。这也难怪，几场绵绵的秋雨，迅速地灌满池塘河道，于是秋天的河流湖泊，本就格外开阔。从"巴山夜雨涨秋池"的半亩方塘，到"一夜越溪秋水满"的一条小溪，从"秋水长天孤鹜飞"的彭蠡之滨，到"八月湖水平，涵虚混太清"的洞庭湖畔，秋水至时，无不泾流高涨，浩浩汤汤。

秋水不仅美在多，更美在清。杜甫说"秋水清无底，萧然静客心"，李白说"两水夹明镜，双桥落彩虹"，辛弃疾说"晚山眉样翠，秋水镜般明"，仿佛世间的一切清明澄澈的极致，便是这一泓秋水。

若单单如此，秋水也还是人间寻常物，可一旦秋水之上倒映起星辉月影，这番景象就"只应天上有"了。元代诗人唐温如一生只留下了一首诗，却让人过目不忘：

> 西风吹老洞庭波，一夜湘君白发多。
>
> 醉后不知天在水，满船清梦压星河。

秋风萧瑟，秋水涟涟，明月穿行云间，清晖向水面笼上一层银光，风动涟漪时，如宝鉴新开，点点星光闪烁在波涛间。秋，水，星，月，这样一个夜晚，曾触动过多少情思，唤醒过多少柔情，抚慰过多少思乡的愁肠，见证过多少欢愉的时光。就是对着这样的一江秋水，江心明月，江州司马曾泪沾青衫，采莲女子曾思过情郎。当然，无论别人怎么惆怅，李白永远是逸兴勃发的：

> 南湖秋水夜无烟，耐可乘流直上天。
>
> 且就洞庭赊月色，将船买酒白云边。

秋天夜晚的南湖水面水澄澈无烟，这水天相接、万顷一色的景色，让人不由生出遗世独立、羽化登仙之念。可凡人终是上天无路，姑且向洞庭湖赊几分月色，把这秋水上的小船，驶向云边去买酒吧。我想唐温如的那首诗，一定是受了李白的启发，这一场相隔数百年的唱和，读来倒也过瘾。

除了月，还有佳人。一首《蒹葭》开创了"秋水伊人"的先河，佳人和秋水便密不可分。秋水清澈，似佳人善睐明眸。韦庄有"金似衣裳玉似身，眼如秋水鬓如云"，冯延巳有"春风拂拂横秋水，掩映遥相对"，柳永有"盈盈秋水，恣雅态、欲语先娇媚"，而最绝的还数《西厢记》中一句"望穿他盈盈秋水，蹙损他淡淡春山"，从此"望穿秋水"成为比秋水更惹人遐想的词。

其实，水边月也好，水边人也罢，最动人的，正是那份"盈盈一水间"的通透与明净。说到底，秋水之所以惹人爱怜，不正是因为无论看过多少五彩斑斓、气象万千的风景，最难得的，仍旧是那一汪清澈的秋水，一双纯净的眼眸吗？

35 秋蝉：遍催万树暮蝉鸣

鸣蝉演奏的交响，从夏延续到秋。

秋蝉的叫法，与其在夏天是截然不同的。一过了立秋，夜晚就变得聒噪了起来，溽暑中没精打采的蝉，在一夜之间重整旗鼓，开始了新一轮的狂欢。暮色初上，一树一树的蝉鸣次第响起，"知了……知了……"，漫无目的而又不知疲倦。你知道它们就藏在这些此时依然碧绿的树上，但若真的去找，多半一无所获，"只在此山中，云深不知处"。但这并不妨碍童心未泯的诗人去尝试。一千年前的大宋，某个初秋的黄昏，杨万里就曾写下这样的诗句：

> 落日无情最有情，遍催万树暮蝉鸣。
> 听来咫尺无寻处，寻到旁边却不声。

这一场"草色遥看近却无"的蝉鸣，从此被定格。

听蝉如听禅，喋喋不休的一段蝉鸣，不同的心境也总能听出不同的禅机。于寄情山水、悠然自乐的王维而言，蝉鸣是秋日田园的背景色，是渡头落日的画外音，听的是一段闲适、半日怡然：

> 寒山转苍翠，秋水日潺湲。
>
> 倚杖柴门外，临风听暮蝉。
>
> 渡头余落日，墟里上孤烟。
>
> 复值接舆醉，狂歌五柳前。

于漂泊宦海、半生浮沉的李商隐而言，蝉鸣是惺惺相惜的絮语，是诗逢知己的唱和，倾诉着多少不甘埋没的同情与自怜：

> 本以高难饱，徒劳恨费声。
>
> 五更疏欲断，一树碧无情。
>
> 薄宦梗犹泛，故园芜已平。
>
> 烦君最相警，我亦举家清。

而对身陷囹圄、朝不保夕的骆宾王来说，这声声秋蝉，则显得更加悲凉，像萧萧飒飒易水风声，自知末路的英雄挽歌：

秋

西陆蝉声唱，南冠客思深。

那堪玄鬓影，来对白头吟。

露重飞难进，风多响易沉。

无人信高洁，谁为表予心？

　　而无论身处何种境遇，人们对秋蝉的聒噪，总是有着超乎寻常的耐心。小时候跟着哥哥姐姐捉过知了猴，酷暑时节，暮云尽收的夜晚，须得等到天色完全暗下来，带一只手电筒、一把小铁铲，在村头的树林里，寻找知了的藏身之所。找知了洞是很有讲究的，通常在靠近大树、松软潮湿的地方，洞穴边缘齐整锋利，三五个连成一串，一个手指大小的洞口供知了出入，附近几个小孔作通风瞭望之用。细心聪明的孩子通常一眼就认得出，总能满载而归，而粗心大意的孩子，偶尔挖错了洞，惊扰到一只青蛙或者一条小蛇，也不是什么稀罕事儿。浅一些的洞穴，借着手电的光甚至可以看到里面的知了猴，找根细树枝伸进去，它会自己顺着树枝爬出来。遇到深一些的，就要用铲子挖了，深棕色的知了猴混在土里并不显眼，要小心翼翼，一层一层地挖。有时候运气好，还能在树干上找到爬到半截的知了猴。

知了猴是难得的美味，孩子们的战果拿回家交给大人，用油一炸，焦香酥脆，是极好的下酒菜。我曾经为了看金蝉如何脱壳，拯救了一只即将下油锅的知了猴，用碗把它扣在大树下，碗沿支一双筷子，留一条供它爬出的缝隙。第二天一大早来看，外婆叫醒我，说知了已经上树了。我光着脚跑到院子里，看到一只通体嫩绿的知了从蝉蜕背后的裂缝中奋力挣脱出上半身，一双乌亮的眼睛像两颗花椒籽，背上一对翅膀弱小无力。几个俯仰吼，白嫩的蝉腹也抽了出来，它抱着蝉蜕歇息着，让晨风吹干潮湿的身体，双翼逐渐伸展，变得纤长透明，随时准备着飞向更浓密的绿荫。

我知道，它也将成为那一年秋蝉音乐会中的一个音符。它曾在暗无天日的泥土中蛰伏多年，它曾经历过脱胎换骨的痛苦涅槃，它餐风饮露，度过朴素的一生。而当它感受到秋天的迫近，知道自己短暂的生命已为日不多，却依然毫无畏惧地歌唱。无怪乎这嘲哳的吟唱令文人墨客动容，无怪乎这平凡的生灵能为人类讲禅论道。

在漫长的时空里，人的一生，又何尝不是短暂如蝉呢？纵然身处黑暗，也要保持对阳光的向往；纵然生命短暂，也要在秋日里纵情歌唱。这是蝉关于生命的哲理。

秋虫能歌者，不唯秋蝉，但唯独它，能唱得那样热烈而悲壮。

36 瓜子：通夜沿街卖瓜子

秋天，瓜子该熟了。丰子恺曾说，中国人具有三种博士的资格：拿筷子博士、吹煤头纸博士、吃瓜子博士。这三种技术中最进步最发达的，要算吃瓜子。

对此，我深以为然。

每到过年的时候，或是谁家有个红白喜事，一大家子凑在一起，面前总少不得一个果盘，盘中的西瓜子或者葵花子，堆成高高的山头，不知不觉间就被夷为平地，又在旁边堆出一座座瓜子壳的小山丘。而吃瓜子的动作却丝毫不影响谈天说笑，一颗瓜子的圆端拈在指肚间，把尖端送到两颗门牙中间一咬，"咔咔"两声，瓜子绽开，舌头灵巧地一拨，手指配合着轻轻一旋，瓜子仁落在口中，留下两瓣瓜子壳在手上，丢到桌上，顺势拈起下一颗，整个过程行云流水，一气呵成。

要说这项"独门绝技"，还真是中国人的祖传技能。

早在宋代，中国人就已经熟练掌握种瓜子、炒瓜子、嗑瓜子这一系列技巧了。那时的瓜子主要是西瓜子，中国人凭借强大的农业天赋，不仅把西瓜这种外来作物培育成了寻常可见的水果，甚至还开发出了新的打开方式：籽瓜。这就是中国人最早的瓜子来源了。吴越地区广为流传的童谣《岁时歌》里说：

> 正月嗑瓜子，二月放鹞子，三月上坟坐轿子，四月种田下秧子……

可见，当时的人们对于嗑瓜子已经司空见惯了。知名"吃货"苏东坡当然也紧跟时尚，他在给王元直的信里曾提到过自己向往的生活：

> 但有少望，或圣恩许归田里，得款段一仆，与子众丈、杨宗文之流，往还瑞草桥，夜还何村，与君对坐庄门，吃瓜子炒豆，不知当复有此日否？

找个村庄这么一宅，每天坐在门口嗑嗑瓜子聊聊天，这日子，想想都觉得美滋滋。

　　明代时，嗑瓜子的习俗被进一步"发扬光大"。开国皇帝朱元璋"喜爱用鲜西瓜子加盐焙干而食"，到明朝中期，皇家经营的六家官店更是每年要贩售一万石瓜子。刘若愚的《酌中志》记载，明神宗"好用鲜西瓜种，微加盐焙用之"，可谓吃得相当精致了。

　　而民间，瓜子的故事则更加精彩。《陶庵梦忆》中写道：

　　　　城中妇女多相率步行，往闹处看灯；否则，大家小户杂坐门前，吃瓜子、糖豆，看往来士女，午夜方散。

　　闲来无事时，约几个小姐妹坐在门口，嗑着瓜子吃着糖豆，看来往的行人，点评着这位小哥模样俊俏，那位姑娘打扮入时。这群"吃瓜群众"的闲暇生活，倒是和苏轼所向往的相差无几，可见无论哪朝哪代，人们对幸福生活的想象大抵都是一样的：闲适、安逸、衣食无忧。而嗑瓜子，正是这种理想生活的最佳体现。

　　到了清代，瓜子依然稳坐"零食热销榜"首位。康熙年间文昭有诗《年夜》曰：

侧侧春寒轻似水，红灯满院摇阶所。

漏深车马各还家，通夜沿街卖瓜子。

　　瓜子摊竟然要 24 小时营业，其热销程度可见一斑。这些瓜子，有些走入了寻常百姓家，有些则走入了深宅大院里。《红楼梦》第八回中曾写道："黛玉嗑着瓜子儿，只管抿着嘴儿笑。"一个小动作，一下子让一个娇俏可爱、略带醋意的少女形象跃然纸上。

　　细细想来，我已经很久没有自在地嗑过瓜子了。偶尔打开一袋瓜子，也通常是忙于工作无法脱身，难得有片刻闲暇，只能生生放到返潮。可见，这嗑瓜子的福气，并不是人人都能有的。想来也是，嗑瓜子这件事，看似简单，其实真是要天时地利人和。须得风调雨顺，物阜民丰，才有种籽瓜的土壤；须得安定太平，繁荣昌盛，才有叫卖瓜子的街巷；须得生活安逸，喜悦祥和，才有嗑瓜子的闲情。所以人们爱嗑瓜子，贪恋的不仅仅是好滋味，更是那些被瓜子惊艳的闲暇时光，那些最简单、最惬意的太平日子。

　　这样一想，我便释然了：毕竟，舍弃这浮生半日闲，换来更多人的"嗑瓜子自由"，也算值得了。

37 促织：一声能遣一人愁

秋夜多悲声。秋风瑟瑟，秋雨潇潇，却终抵不过一声促织动人愁肠。

"七月在野，八月在宇，九月在户，十月蟋蟀入我床下。"从《诗经》的年代起，促织陪伴了我们两千多个秋天。应当没有哪个孩子没见过促织。一到天气转凉时，花盆下，草丛里，或是房前屋后的犄角旮旯，少不了这些小家伙的身影。男孩子爱把它们捉来，放在小瓶里，学着大人的样子斗蛐蛐，小姑娘怕虫子不敢亲手去捉，却也不会拒绝观看一场角力赛。毕竟它长得并不丑，有力的后腿，乌黑油亮的脑壳，两根细长的触须一抖，像极了戏台上舞翎子的武生，威风凛凛。当然，孩子们的擂台往往是斗不起来的，他们的乐趣更多地在于捉，而不是斗。不拘多么瘦弱的小虫，只要看到，必要捉了来关在一起，结果往往是无论怎么用草叶子拨弄，两只虫儿却只管各占一隅，相安无事。斗了几下，小孩子便意兴阑珊了，丢下这两只再去寻更大的。那时候，促织的唧唧吱吱的叫声从不让人觉得烦闷，反而是挑逗着孩子们神经的美妙声音。

突然间，"为赋新词强说愁"的孩子长成了"却道天凉好个秋"的大人，促织的叫声，也跟着变了味道。

古谚云"蟋蟀鸣，懒妇惊"，说古时女子一听到蟋蟀的叫声，便知秋日已到，要赶制冬衣了。偏它又一声一声，整夜不歇，也难怪总能让人愁肠百转了。杨万里说"一声能遣一人愁，终夕声声晓未休"，从古至今的促织鸣，早就不知道织入了多少数不清的离愁别绪。无论是他乡游子、深闺思妇，抑或慷慨悲歌的将军侠客，都不免被这虫声叫软了心肠，叫乱了心绪，叫醒了被酒麻醉了的一怀愁思。清代女诗人范姝曾写道：

> 秋声听不得，况尔发哀闻。
>
> 游子他乡泪，空闺此夜心。
>
> 已怜装阁静，还虑塞亘深。
>
> 萧瑟西风紧，行看霜雪侵。

一句"秋声听不得"，真是饱含了多少古今离人泪。

姜夔曾写：

庾郎先自吟愁赋，凄凄更闻私语。

露湿铜铺，苔侵石井，都是曾听伊处。

哀音似诉，正思妇无眠，起寻机杼。

曲曲屏山，夜凉独自甚情绪？

　　湿冷的秋夜里，促织在门外井边，凄凄不断的歌声让人辗转难眠，于是起身找寻机杼，继续织完那匹要为他做征袍的布，独自听着这比《愁赋》更让人发愁的虫鸣。这是闻促织而思征人在外的闺阁之语。

　　杜甫曾写：

促织甚微细，哀音何动人。

草根吟不稳，床下夜相亲。

久客得无泪，放妻难及晨。

悲丝与急管，感激异天真。

　　草根里的促织叫声细若游丝，却也两两相亲，漂泊他乡的诗人却形单影只，泪早已流尽，只是担心远处的妻子，怎么才能捱到早晨。这是闻促织而思家乡风物的游子之吟。

岳飞曾写：

昨夜寒蛩不住鸣。惊回千里梦，已三更。

起来独自绕阶行。人悄悄，帘外月胧明。

夜深人静时，元帅帐外的一只蟋蟀惊醒了将军的梦，梦里的金戈铁马烟消云散，眼前只有漫长的黑夜。忧国忧民让人睡意全无，只好独步阶前，与这明月和虫声为伴。这是闻促织而思壮志未酬的英雄之叹。

说来也怪，同样是那纤纤弱弱的促织声，儿时撩得人心花怒放，如今却能搔动内心最柔软的角落，牵出那些乡情、亲情、家国情，让人悲，让人愁。"萧萧梧叶送寒声，江上秋风动客情。知有儿童挑促织，夜深篱落一灯明。"如此一个秋夜里，叶绍翁面对这个无忧无虑的孩子，心中该是怎样的感慨万千。从少年到中年，这颗心究竟是变硬了还是更软了些呢？这答案，怕是只有促织知道。

38 桂花：自是花中第一流

北国无桂花，是我在北京过中秋的第一憾事。

时至今日，近到阳澄湖的蟹、砀山的梨，远到新疆的葡萄，都不过是快递一天的距离，唯独这桂花，却寄不得。桂花的好处，不单在一朵或者一枝，那纤纤弱弱的一朵小花本身其貌不扬，须得一整棵桂树，甚至一片桂树林，方得桂花的神韵。北方人初到南方，往往不认得桂树，不经意间一阵清香袭来，循着香味寻得几株墨绿的树，见到枝桠间藏着的米粒大小的嫩黄小花，才恍然醒悟，原来这是桂花。那味道，清可绝尘，浓能远溢，柔而不媚，厚而不俗，于是油然而生出相见恨晚之感，也无怪乎前人的故事里，这桂树总是带着仙气了。

早在魏晋时，就有了"俗传月中仙人桂树"的传说，曹植也说它"上有栖鸾，下有盘螭"，俨然已是仙树了。而唐人天马行空的想象力进一步演绎了桂树和月宫的缘分。《唐逸史》描绘"唐明皇游月宫"的场景，月亮上一座玲拢四柱牌楼，名为"广寒清虚之府"，庭前是一株大桂树，扶疏遮荫，不知覆着多少里数。桂树之下，白衣仙女乘着白鸾跳舞，舞衣便是"霓裳羽衣"。到了这时，桂树算是正式在月宫里扎下了根，从此列入"仙籍"。《酉阳杂俎·天咫》则更为不羁，甚至给桂树专门配了个执掌的仙人："旧言月中有桂，有蟾蜍。故异书言月桂高五百丈，下有一人，常斫之树，创随合人，姓吴名刚，西河人，学仙有过，谪令伐树。"从此，桂树与吴刚成了月宫里密不可分的部分。

于是唐人写桂花，也总是写得仙气飘飘。李贺说"吴质不眠倚桂树，露脚斜飞湿寒兔"，皮日休说"至今不会天中事，应是嫦娥掷与人"，白居易说"月宫幸有闲田地，何不中央种两株"，李商隐说"月中桂树高多少，试问西河斫树人"，可见，月、桂、吴刚、嫦娥，已经成了唐代诗人眼中最浪漫的符号。

然而，天上的桂树不过是人们一厢情愿的想象，认真追究起来，桂树本该根植深山之中。桂树只生长在南方，植根于岩石峭壁之间，枝干和花朵有异香，品性与一般植物截然不同。《说文解字》说它是"江南木，百药之长"，汉武帝曾用它建桂宫，可见，人间的芸芸众生也对桂树宠爱有加。然而，桂树的头一位红颜知己，当属李清照。李清照早年的诗作，写过海棠，写过荷花，却并不曾出现桂花的踪影，然而她与丈夫隐居青州后，却突然爱上了桂花，以至于在她眼中其他花儿都黯然失色，再也不那么可爱了："梅蕊重重何俗甚，丁香千结苦粗生。熏透愁人千里梦，却无情。"看，连时人盛誉的梅花和丁香，都被桂花比得粗俗不堪了，只有桂花，可堪入梦。除了这一首，李清照为桂花勾画的另一幅"素描"，才堪称是咏桂诗之绝唱：

> 暗淡轻黄体性柔，情疏迹远只香留。
>
> 何须浅碧深红色，自是花中第一流。
>
> 梅定妒，菊应羞，画阑开处冠中秋。
>
> 骚人可煞无情思，何事当年不见收。

李清照为桂花，不仅可以放弃群芳，为她封了个"花中第一流"，甚至还不惜得罪前人：屈原写了那么多香草名花却偏偏没有提到你，一定是因为他也情思有限罢了！其实，这恬静柔和，情疏迹远，只留清香传于世间的神韵，写得又何止是桂花而已呢？想来，李清照看桂多妩媚，料桂花见她也应如是吧，尘世间能与她做知己的，桂花确实也算得一个。

当然，我们提到桂花，除却这些美丽的神话与幻想，最先想到的，还是那些桂花糖、桂花酒、桂花糕。也是有趣，这嫦娥门前一身仙气的桂花，却偏偏还最接地气，月宫与庖厨，竟都能安之若素。如此想来，这"花中第一流"，真的非桂花莫属了。

39　螃蟹：长安涎口盼重阳

螃蟹是我对秋天唯一的期待。

我素来畏寒，总是秋风一起，便忍不住早早地悲起秋来，恨不得这西风走得慢一些，再慢一些。如果说有什么东西让我还能盼着下一个秋天的到来，那就是螃蟹了。

古人说"不时不食"，螃蟹更是如此，一定要应季才好吃。曾有一次张先生馋螃蟹，刚过了立秋就买来三对黄河口的大闸蟹，兴冲冲请了朋友来家里做客，几道小菜打头阵，螃蟹上笼屉蒸上十分钟，带着热气端上了桌。烫手的螃蟹拿不起来，先掰下一条腿儿嗦一口，是等了一年的鲜味儿。几条腿下肚，掀开蟹盖，一团黑黑白白中，似乎也有了些黄，但吃上一口，却总觉得还是少了些什么，不那么过瘾。从此，信了这吃蟹绝对是急不得的，一定要到西风吹过三回，柿子挂上了枝头，早起时路边草地的深处看得到薄霜，方才到了季节。曾经和朋友就此开玩笑，这"西风吹老洞庭波"后面，怕是得续上"一夜螃蟹要上锅"

才最贴切吧。

吃蟹讲究"九雌十雄",农历九月雌蟹抱卵,蟹黄饱满,十月雄蟹成熟,黄白鲜肥,最是当季之食。因此,以前吃蟹也多是在重阳节,新打捞的螃蟹配上菊花,颇为雅致。如今人们的耐性较从前也差了些,重阳也成了被许多人忘却的节日,于是螃蟹也只能赶在中秋节上市了,增喂饵料催熟的大闸蟹虽然肥美,但却注定不能满黄,赶时髦、好新鲜的人们,虽然吃得到开湖的第一波蟹,却永远不会像我们这些耐心等到重阳时节的吃货们那么有口福了。

说起来,小时候的我其实也并不爱吃螃蟹。记得十来岁时,父亲带我吃席,也是个秋天,滚烫的小火锅涮着各种应季食材,服务员端上一盘毛蟹,一只有个鸡蛋大小,浑身青黑,两对蟹螯连同半个后背上覆着厚厚一层毛,口中咕嘟咕嘟吐着白沫,那副尊容实在令人无从下箸。父亲下锅煮了一只,捞出来掰成两半放到我盘里,好说歹说劝我尝一口,我看着那团包裹在蟹壳里的"不明物体",用筷子挑弄许久也不知如何下口,最终也只敢剥出一块看上去比较保险的蟹肉吃了一口,那味道,对一个没多少耐心的十来岁孩子来说,委实不如涮肉来得实在。

直到后来读了《红楼梦》，才突然对曾经被自己嗤之以鼻的螃蟹，重新提起了兴趣。《红楼梦》提到的林林总总各色佳肴里，最让我难以忘怀的，除了那道做法稀奇古怪、真假亦不可考的"茄鲞"，就是这螃蟹了。趁两株桂花开得正好，于藕香榭中设下两张竹案，螃蟹热在蒸笼里随吃随取，配着"菊花叶儿桂花蕊熏的绿豆面子"，怕螃蟹性寒，还需"把酒烫的滚热的拿来"。吃罢了蟹，再就着新采的菊花，作下几篇"菊花诗""螃蟹咏"，能吃出这种情调的食物，除了螃蟹，怕是再无其他了。宝钗的诗我喜爱的不多，总觉得规矩有余而风雅不足，唯独这篇《螃蟹咏》可堪青眼：

> 桂霭桐阴坐举觞，长安涎口盼重阳。
>
> 眼前道路无经纬，皮里春秋空黑黄，
>
> 酒未敌腥还用菊，性防积冷定须姜。
>
> 于今落釜成何益，月浦空余禾黍香。

"眼前"两句，至今我也常常对张先生念起，总觉辛辣老练，骂得痛快，十分解气。而每念一次，心里对螃蟹的念想，便再多了几分。

其实吃蟹真的是件奢侈的事情，须得"有钱有闲"，方能享受。蟹价不菲倒还是其次，毕竟一年顶多尝一两次鲜，寻常人家也还是负担得起的，但吃蟹，真是个慢功夫。皆言上海人吃蟹有"蟹八件"，会吃的人吃起蟹来如同做外科手术，肉尽后竟能把蟹壳完整地拼回去，虽不知真假，但我在上海，却是真真切切地见过这"蟹八件"的，不禁"惊为天人"。

《陆犯焉识》里有一段，写陆家家道中落，陆焉识身陷囹圄后，冯婉瑜宁愿节衣缩食也要在秋天买来螃蟹，为狱中的丈夫剥出满满一瓶蟹黄，慰藉他的肠胃，还有心灵。上海人对蟹的狂热可见一斑。当年读到这段时，我大脑中飞快地算了算一瓶子蟹黄应当值多少钱，剥完这些螃蟹又要多少时间，然后默默咽了咽口水，竟然对陆焉识的狱中生活不由得生出了几分羡慕。

关于上海人和螃蟹，还有个人尽皆知的段子，说是给上海人一只螃蟹，他能从上海吃到乌鲁木齐，我虽不是上海人，但这个段子还真是实现过。有一年秋天我到上海出差，时间紧迫，开过会后便要匆匆回京。有位许久未见的朋友听闻，坚持要请我吃顿饭，于是约在了地铁站附近的酒店，吃了一顿蟹粉小笼。临走时，他竟从包里掏出两只煮好的大闸蟹，一公一母，一只足足有半斤多，随便用个塑料食品袋包着。他把螃蟹塞到我手里，略带愧疚地说，都凉了，真不好意思，路上打发时间用吧。

于是我在火车站买了杯热咖啡，上了高铁，坐定后掏出这对螃蟹，美滋滋地吃了起来。也不知这螃蟹配咖啡的吃法算中餐还是西餐，总之多少也起到了那么一点驱寒的作用。也许是这两只螃蟹格外大，也许是路上无聊，这次吃得格外惊喜，这两只螃蟹，还真是吃了一路。车到廊坊时，突然听到后座的小姑娘对身边的男孩轻轻说了句，咱们下车吃螃蟹去吧。

是啊，为了这一只螃蟹带来的浮生半日闲，谁能不盼望下一个秋天呢？

40　五谷：喜看稻菽千重浪

"春种一粒粟，秋收万颗子。"秋天之所以美好，一半的原因在于秋收。粮食是大地的馈赠，是时光的嘉奖，是文明的基石，更是劳动人民的"快乐源泉"。

农人曾嘲讽孔子"四体不勤，五谷不分"，而今天分得清五谷的人，才是少之又少。这也难怪，稻黍稷麦菽，这些中国人曾经赖以生存的主粮，随着人们脍不厌细的追求，好多已经逐渐淡出"饮食江湖"，甚至当我们偶尔在诗词中看到它们的名字，竟然都会感到有些陌生。然而，仔细翻一翻《诗经》，你会发现，出镜率最高的除了爱情，就是这五谷杂粮了。

水稻作为五谷中的"老大哥"，在中国已经有七千年的种植历史，五千年前已开始成规模种植，时至今日，从东三省到海南岛，水稻的身影无处不在。《国风·豳风·七月》有"八月剥枣，十月获稻"，《小雅·白华》有"滮池北流，浸彼稻田"，可见，在当时种稻收稻，就已经是一件相当常见的事情了。当然，随后的几千年里，水稻也依然忠诚地伴随着中华文明的成长。钱珝思念着的故乡有着"故溪黄稻熟，一夜梦中香"的美丽秋景，范成大眼中的田园有着"新筑场泥镜面平，家家打稻趁霜晴"的热闹场面，而辛稼轩一句"稻花香里说丰年"，更是成为多少农民对丰收的甜蜜企盼。

黍，也就是黄米，直到唐代，它都是中国人的主食，《国风·王风·黍离》有"彼黍离离，彼稷之穗""彼黍离离，彼稷之实"，《国风·魏风·硕鼠》有"硕鼠硕鼠，无食我黍"，可见，当提到粮食时，当时人们的第一反应，就是这个"黍"。屈原投江而死，楚人以菰叶包黍饭祭祀，称之为"角黍"，也就是粽子的前身，所以严格说来，我们今天吃的糯米粽子，多少都有点不正宗呢。曾吃过山西饭馆的"黄米糕"，黄米蒸熟后用布包裹，反复摔打揉捏成面团，或蒸或炸，或加入红枣白糖桂花，香甜软糯，久食不厌，也许这才更接近当年的"角黍"吧。不过，不知是因为产量不高还是口感不够细腻，黍在唐宋之后开始慢慢"失宠"。杜甫说"莫辞酒味薄，黍地无人耕"，认为黍当作酿酒之用；王维说"积雨空林烟火迟，蒸藜炊黍饷东菑"，把黍作为粗茶淡饭的代表；而李白说"白酒新熟山中归，黄鸡啄黍秋正肥"，更是直接用黍来喂鸡了。而今天，黍除了用来做粗粮餐点，更是很少出现，也难怪许多人不知黍为何物了。

稷，百谷之长，帝王奉稷为谷神。关于稷究竟是今天的哪种作物，并没有统一的说法，按照《本草纲目》的描述，"黏者为黍，不黏者为稷"，似乎高粱和小米都符合要求，当然这也并不重要，因为稷本身的象征意义已经远在任何一种粮食之上了。"社稷"直接成为国家的代称，可见"民以食为天"的观念一直以来就深入人心。

麦，曾经也叫做"来"，古人认为它是上天所赐。这种粮食无论对古人还是对今人，都再熟悉不过了，《国风·鄘风·载驰》有"我行其野，芃芃其麦"，《国风·鄘风·桑中》有"爰采麦矣，沫之北矣"，小满之后芒种之前，在风中起伏的麦浪，和新长成的小麦那股带着甘甜的粮食香气，真的有让人忘记一切烦恼的魔力。麦不同于稻，冬种夏收，这也恰好为人们提供了多一季的口粮。范成大有诗说：

二麦俱秋斗百钱，田家唤作小丰年。

饼炉饭甑无饥色，接到西风熟稻天。

从夏到秋，麦和稻接续起了人们一年的希望。

菽，汉代之后改名为"豆"，一直沿用到了今天。《小雅·小宛》有"中原有菽，庶民采之"，《小雅·采菽》有"采菽采菽，筐之筥之"。在各种谷物里，豆类算是很好种植的，因此，陶渊明才会选择在南山种它，虽然也不免"种豆南山下，草盛豆苗稀"，但好歹也能过上"桑竹垂余荫，菽稷随时艺"的桃源生活了。

陶渊明只是种点豆，都难免要"晨兴理荒秽，带月荷锄归"，可见种粮从不是一件轻松的事情。春雷始动，耕种开始，从此"丁壮俱在野，场圃亦就理"；春雨丰足，披蓑耕田，不觉"人牛力俱尽，东方殊未明"；夏日炎炎，锄草田中，日日"锄禾日当午，汗滴禾下土"。即使终于盼到了粮食成熟的季节，丰收在即，也依然不得清闲，生怕一场雨毁了一年的收成：

尝闻秦地西风雨，为问西风早晚回。

白发老农如鹤立，麦场高处望云开。

所以，颜仁郁写下"时人不识农家苦，将谓田中谷自生"的嘲讽，白居易发出"念此私自愧，尽日不能忘"的慨叹，就连那个"金樽清酒斗十千"的李白，看到"田家秋作苦，邻女夜舂寒"的景象后，也不禁"三谢不能餐"。

即使今天的我们已经丰衣足食，但对于粮食，依然应当无比珍视。因为，节约粮食，从来就不是一件只关乎金钱的事情，而是对自然的感恩，对劳动的尊重，对文化的认同。当我们享受着"喜看稻菽千重浪"的美好秋天，也请不要忘记，珍惜每一粒粮食，就是对那些劳作在夕阳中的"遍地英雄"最真挚的敬意。

41　银杏：等闲日月任西东

北京不仅"春脖子短"，"秋脖子"也不长。在这短暂的秋季里，最令北京人留恋和骄傲的，应当是满城的银杏吧。

北京城的银杏，点缀在每一条街巷、每一方院落中，不拘是南城还是北城。而银杏叶黄，也并没有一个统一的号令，一处已满树金黄，而另一处依然碧绿，是很常见的事情。通常，城里的树黄得早些，城郊晚些；向阳的树早些，背阴的晚些；年轻、细小的树早些，根深叶茂的老树晚些。这些树，像是按照早就安排好了的日程表，不慌不忙、不紧不慢，轮流接收着秋天的信息，然后又把它传递给下一棵树。于是，在秋天的绝大部分时间里，你可以从容地欣赏金黄的银杏映衬在碧蓝的天空下，你不必为一棵树的老去而沮丧，因为总有另一棵半绿半黄的树在提醒你，秋还浅，不用急。伤春悲秋的情绪，因此也得到了一些安慰，所以银杏不同于梧桐，它给人的愉悦和宁静，总是要比悲伤多一些。

在清华读书时，每每进出校门，总要经过两行高大的银杏树，那是全国的游客趋之若鹜的景点。只有园子里的人才会知道，路南侧临水的那些树总是黄得更早，而北侧则晚得多，通常要等到对面的那一行已经把黄叶铺满一地，才终于把绿色褪尽。游人总是感慨来的时间不好，看不到两侧俱黄的灿烂景色，殊不知，这样的景象原本也不会存在。十月下旬应当算是最好的时间，南侧的道路上和校河里已经有了足够多的落叶，树也还不至于太稀疏憔悴，北侧才黄带绿的枝叶依旧蓊蓊郁郁，侵入洁白的二校门和晴朗的蓝天所组成的画面。这是学校里的摄影爱好者们集体出动的季节，无论专业与否，总得拍几张二校门的银杏，才不枉在这园中生活一遭。我曾见过一张照片，一位老人坐在落满黄叶的石阶上，拐杖靠在她的身旁，齐耳的短发花白，脸上满是皱纹，她微微侧着头，闭着双眼，慈祥而安宁。背景里，银杏叶漫天飞舞，三个年轻女孩穿着民国样式的蓝衣黑裙，在树下拍照片。她和她们，黄叶和绿叶，从容不迫却又不可阻挡，这就是岁月的样子吧。

不过，银杏留给人的回忆，也不全都是美好。熟透的银杏果和树叶一起落在地上，若是在不提防间踩到，那味道，真是能绕梁三日。整整小半个月，园子里到处萦绕着这种味道，即使坐在屋里也难以幸免，或是乘着一阵风，或是伴着一位漂亮女生的高跟鞋，它总是在猝不及防间提醒着你，银杏熟了。清华里，最恼人的除了春天的柳絮，就是它了。我曾戏为二校门作了一副对联："翠柳着绿絮扑面，银杏翻黄嗅恼人"，横批就写"不如砍了"，终于把心中的怨气发泄了几分。当然，若是真砍树，我也一定是舍不得的，毕竟和风景比，这气味也算是瑕不掩瑜吧。

好在晒干去皮的银杏果，并没有这股难闻的味道，反而清新可口。欧阳修曾收到梅尧臣寄的"鸭脚"，也就是银杏，于是作诗答谢："鹅毛赠千里，所重以其人。鸭脚虽百个，得之诚可珍。"梅尧臣回信道："去年我何有，鸭脚赠远人。人将比鹅毛，贵多不贵珍。"其实只要有一棵大银杏树，待到深秋时节，得百十个鸭脚并不难，但想一想捡鸭脚时那气味，这些果子，确实算得上礼轻情意重了，也难怪梅尧臣说"贵多不贵珍"。

秋天在银杏树上的最后一站，是京西一座古刹——大觉寺，这是我每年无论多忙，都一定要去一次的地方。

银杏生长极慢，一年不过数寸，城中所见银杏，多是手臂粗的小树，至多不过百余年，而大觉寺香火绵延千年不曾中断，寺中一棵老银杏亦已千岁有余，高可参天，叶茂枝繁，每年到了十一月初，一树金黄，蔚为壮观。这时候上山的路一定是拥挤不堪的，若是稍晚些上山，车流排出几公里的长队也是寻常事。但进了寺门，空气立刻安静了几分，在这棵树下，熙熙攘攘的人群如同草芥。这是看过多少悲欢兴亡的树，多少离合聚散的树啊，这是经历过怎样的风雨巨变，怎样沧海桑田的树啊！如今，它依然静静地伫立在这里，发芽，落叶，黄了又绿，年复一年。"等闲日月任西东，不管霜风著鬓蓬"，宋代葛绍体曾这样写一棵银杏树，细细品来，像极了一尊参禅入定、荣辱不惊的佛陀，又像极了一位锲而不舍、百折不回的战士，又或者，这二者本就是一体。

　　大觉寺饱经风霜的斑驳的匾额上，写着四个大字"动静等观"，也许这就是这棵树的禅，也是生命本身的高贵与尊严。

寒云浮天凝，积雪冰川波。

连山结玉岩，修庭振琼柯。

42 幽赏：冬看山林萧疏净

冬天是个无聊的季节。

在我的印象里，真正的冬天从梧桐叶落光的那一天开始。秋虽肃杀，却也算热闹，草木从绿到黄再到红，几天就换一个模样，秋水浩浩荡荡，秋菊争奇斗妍，瓜果虾蟹轮番登场，各种虫声此起彼伏，西风威风凛凛，呼啸着卷走一切陈旧的、不爽利的。而一入冬，一切又归于平静。天地慢了下来，时间突然停滞，光秃秃的枝桠，在窗外挂上一幅一成不变的图画。

而人到了这时候，也不自觉地慢了下来。北方的冬天真冷啊，足以让最爱游玩的人，也心甘情愿地窝在家里，在暖气和被窝的环抱中裹足不出。冬是四季的暮年，而冬季的你，也仿佛提前享受起了晚年的时光。

你可以找一个周末的午后，懒洋洋地靠在一把暄软的沙发椅中，落地窗外，北风因为对你束手无策而更添了一些愤怒。手中有卷书是必要的，却不必在意它是什么。阳光从窗口低低地泻下来，暖暖地吻着你，你心甘情愿地被它俘虏。这阳光是只有北国的冬日才有的。夏天的太阳太高，你不能从这个角度看到那一团明晃晃的亮光挂在你的窗棂上。窗子左上角的天空被枯树槎桠的瘦枝切割出密密匝匝的复杂图案，远处群山柔柔地铺开一片黛色，仿佛古画中氤氲的墨迹。而那右上角，最好是什么也没有吧，露一片碧蓝纯净的天空，像大师笔下引人入胜的留白。窗台上几只麻雀叽叽喳喳地争食着什么，突然又扑楞楞一起飞走，于是天地顿时一片宁静。

这时的你可以什么都不想，做个最富有的人，慢慢挥霍这难得的奢侈，或是对这那一角错落的天空，研究那枝桠间的哲学问题。李世民曾在《王羲之传论》中品评王献之的书法，如是说道："献之虽有父风，殊非新巧。观其字势疏瘦，如隆冬之枯树。"这话其实颇为无理。即使献之的字"搓挤而无屈伸"，那均匀严整、俊逸流畅的笔迹也绝不至于像冬日枯枝。那些枝桠，多是干脆利落、俊朗硬挺的，非要说像什么的话，细劲疏朗的瘦金体倒可以比拟。想来也是，李世民贵为盛世明君，一定没有时间对着一棵枯树观察太久，更何况，他也从未有幸见过瘦金体，

而那位不理政事的宋徽宗，多半是认认真真"格"过这些
枯枝的吧。

比枯枝更有一番味道的，是冬雪初霁。不必太厚，只
薄薄的一层覆着，在柔软的阳光下竟显得有些透明，直让
人想到"玉骨冰肌"。那雪白得像刚被浣洗过，风吹过时
扬起一层浮气，扯出几缕梦一般的朦胧，像未纺过的蚕丝
柔柔地散开。那一份空灵与澄澈，尽让你细细领略。

说到雪，那确是冬日里最有趣的景致了。鲁迅说雪
是死去的雨，是雨的精魂。没错，雪是冬天的魂，透着一
股从容雅致的灵气。雪下至够匀匀地铺满地面时方是恰到
好处。树的枯枝上挂得住雪，但决不至被雪压弯，就那样
悠闲地顶着、捧着、披着白雪立在那里。目之所及，一色
的空灵纯净，远远望去平展的雪地就那样温柔地起伏着。
但倘在这般雪野，梅却是不相宜的。这一种雪景，要的便
是那种洁白静谧的况味，偶尔缀一处深灰的鸟影掠过，尚
有些味道，但若非要画一笔红梅，就是不懂得其中的滋味
了。删繁就简，淡极始艳。这正是冬天的妙处。

这样的景致，最宜月夜。月光静静地泻下来，在这一
片空明中静静流淌，冷似雪落广寒。你觉得眼前的景色玲

珑得水晶般剔透，抑或，你就在水晶中。那承天寺中让苏子心醉神迷的如水月色，怕也难有这般清澈。

雪若再厚些，便不再像丝绸，却成了厚重的鹅绒，将那些沟沟壑壑隐起，藏了碎石瓦砾，于是那雪地不再有起伏，而是平整得像无风的湖面。打油诗说"天地一笼统，井上黑窟窿"，倒也是话糙理不糙，是"有生活"的话了。这时是颇有些禅意的。记得电视剧《红楼梦》的最后一个镜头，宝玉深一脚浅一脚地走入无边的雪野，身后留下一串孤独的脚印。深雪里，你欲走向何方？余秋雨曾说，夜雨时隐退了人间的一切色相，于是人便走向真实。那么雪，便不只是隐去色相，那令人心悸的纯净，更逼得出你的灵魂。雪覆四野，四顾茫然，万籁俱寂，灵魂在空旷中独行，彳亍。天地之大，蜉蝣之微，白茫茫的天地间，你，一芥而已。于是想起五百年前西湖上遥相呼应的一场雪，淡淡的一笔墨色舟亦如芥。于是想起不知何处的一江寒雪，那斧劈皴的峭壁下蓑笠翁独钓着千年的孤绝。于是想起万里关山，征夫僵立雪沾旗脚拼一醉看取碧空寥廓。于是想起寒沙梅影路，红泥小火炉，柳絮因风舞，大雪满弓刀。于是天地肃然。彳亍的灵魂有了归宿。你躺回那把沙发椅中，懒懒地半眯着眼，看飞来的麻雀碰碎了枝头的玉蕤。

风雪夜归人。

直到有一天，雪醒了来，一场雨散开泥土的腥味，你不得不起身，走出你厚厚的线装书，又一次远行。

而这个冬天里留下的那些思绪，就是这"无聊"的意义。

43　冬衣：慈母手中线，游子身上衣

　　我不喜欢冬天，很大一部分原因是因那厚重笨拙的冬衣。

　　没有哪个孩子的童年逃得过被妈妈的毛裤和秋衣支配的恐惧。一到了冬天，妈妈总是比你更早更准确地知道你会不会冷，早早就把秋衣秋裤、毛衣毛裤、棉袄棉裤拿出来，不由分说地给你全部套上，丝毫不管它们会如何地妨碍你的行动。记忆中母亲在身边的每一个冬天，似乎都有吹不完的"寒流"，一次又一次地充当你必须要穿上这些厚衣服的理由，而这些寒流却十有八九会爽约，于是你每天回到家，都不免浑身热汗涔涔，甚至比吃着冰棍的夏天更热一些。

　　我印象最深的一件冬衣，是外婆的大棉袄。两三岁的时候，父母工作繁忙无暇照顾我，外婆把我接到老家带在自己身边。外婆家在苏北，一个不大的小院，农村没有暖气，一入冬，湿湿冷冷的寒气就沉了下来，无孔不入地

入侵你的每一个毛孔，令人无处可藏。这样的时候，早晨起床是最痛苦的，让人从花了一夜时间焐热的被窝里出来，简直难如登天。于是每天早上外婆起床后，都会小心翼翼地用她的厚棉袄把被窝里的我包裹好，再用一条棉布裤带在棉袄外面不松不紧地扎一圈，力道要刚好不至于太容易挣脱，也不至于勒疼我。外婆早已在每一个早上的尝试中熟练地掌握了这项技能，甚至能在我半睡半醒中，悄然完成这一整套动作，于是当我蒙蒙眬眬地睁开眼时，多半已经成了个包好的粽子被好好地放在床上，只露一个小脑袋，刚好看得到外面小厨房飘出的袅袅炊烟，慢悠悠地融化在金色的晨光中。片刻之后，外婆端着热气腾腾的早餐，笑着从那雾蒙蒙的金色中走来，一口一口喂我吃完一碗热面条，一个溏心荷包蛋。这时天已经大亮了，太阳驱散了寒气，肚里的热汤面也让人变得温暖起来，外婆剥开"粽子皮"，给我穿上小棉袄，一天就这样开始了。

说到棉袄，离开外婆家后，每年冬天，还是会收到一件外婆做的新棉袄。为了这件棉袄，外婆一直留着几分地种棉花，新收的棉花送去集市上弹成棉絮，软和又保暖，再扯上几尺花棉布，裁好衣样，棉花比着衣样铺好，用粗棉线纵横绷上几道，最后套进花布袄面里，密密地把四周缝好。哪里该肥几分，哪里该收一点，袖子和衣身比去年要长多少，外婆不需要尺子，虽然一年只见她几次，但我小小的身躯在怎样生长着，她全都了然于心。

外婆的花棉袄，套着母亲手打的毛衣，陪伴着我童年的每一个冬天，直到不知道从哪天起，我突然讨厌起了农村集市上的大花布，外婆也再不能准确地知道我的身高胖瘦，毛线衣慢慢换成了商场的羊毛衫，花棉袄被轻巧的羽绒服取代。那时的我丝毫没有觉得遗憾，只觉得终于拥有了和朋友们一样时髦漂亮的衣服，再也不用觉得自己土气了。外婆给我做的最后一件红白细格纹的方领坎肩，被我丢在了衣柜里，决绝而略带着一丝嫌弃。

读大学后，我终于彻底掌握了穿衣自主权，于是冬装变得越发花样繁多了起来。每次过年回家，母亲总是不满于我薄薄的打底裤和百褶短裙，几次三番絮叨，这么单薄的衣服怎么能过冬。我当然不以为意。于是那些年，母亲总爱带我去逛商场，不厌其烦地一个一个摊位地挑选，现在想想，也许她只是认为，在她的监督下买的冬衣，至少能稍微让她放心些罢了。

有一年正月十五前，临近开学，我很喜爱的一件毛衣裙上的装饰毛线球掉了下来，不知丢到了哪里，虽然不影响穿着，但总觉得少了几分可爱，令我十分沮丧。第二天要赶火车返校，送去店里修补是不可能了，我随口抱怨了几句就去睡了。夜里迷迷糊糊地醒来，我发现客厅的灯亮着，于是起身去看，看到母亲坐在沙发上，身旁放着她许久没用过的缝纫包，堆着各色的毛线，手里是我的毛衣裙，一个小巧可爱的毛线球已经做好了，正在被她小心翼翼地往衣服上缝。她看到我，笑笑说，我想起来家里还有毛线，就试了试，看起来还行吧？我点了点头，躺回床上后却无论如何也睡不着了，眼泪啪嗒啪嗒地往枕头上落。离家这么多年，我头一次感到了不舍。

　　　　慈母手中线，游子身上衣。
　　　　临行密密缝，意恐迟迟归。

也许时刻惦记着你过冬的棉衣和身上的一针一线的，只有亲人吧。

再下次回家，我找到了那件红白格纹的坎肩穿上了身，真暖和。

再下次回家，我主动穿上了秋裤和长裙子。

再下次回家，我给母亲和外婆买了厚实的羊绒衫。

是呀，谁不希望最暖和的冬衣，是穿在亲人身上的那件呢？

44 落叶：无端木叶萧萧下

落叶的高潮，不在秋而在冬。

从一叶知秋到万山红遍，是个缓慢的过程。梧桐落下的第一片叶子仍是碧绿的；枫树染上半树赭黄，又满满变红，枝叶间色彩的变幻绚丽而热闹；爬山虎着了霜，一夜之间像是燃起了红彤彤的火苗；银杏悄悄擎起了金色的华盖，倏地吹下一片落叶随风而下，窈窕得如同一只黄蝴蝶在飞舞。秋日的一切，犹如一支明快欢畅的小步舞曲，从容，优雅，井井有条。而秋季的落叶，就是舞曲中时隐时现、叮叮当当的装饰音，一声声连缀在秋的主旋律中。唐代王建曾写道："陈绿向参差，初红已重叠。中庭初扫地，绕树三两叶。"这"两三叶"，可谓颇得初秋之味了。

而入了冬，舞曲就换成了酣畅淋漓的交响乐。这时你再看吧，落叶往往是那样势不可挡，就好像指挥棒一挥，鼓声动地而来，干脆利落地敲击出一连串气势磅礴的节奏，而又突然间归于平静。一夜北风，一地枯黄。

杜甫曾有脍炙人口的名篇《登高》，诗云：

> 风急天高猿啸哀，渚清沙白鸟飞回。
>
> 无边落木萧萧下，不尽长江滚滚来。
>
> 万里悲秋常作客，百年多病独登台。
>
> 艰难苦恨繁霜鬓，潦倒新停浊酒杯。

夔州山险水急，烈烈多风，于是才有了秋天里的无边落木，而在北京，要看到这样的景象，须得到了秋季过完，小雪前后。北京的风起得急，往往只听得一夜呼啸，第二天开门看时，只见一整个秋天都落不尽的那一行梧桐，顿见清癯，把黄叶厚厚堆满了一地。

所谓"女伤春，士悲秋"，古人写落叶，从来最见功力。从将落未落时的"早秋惊叶落，飘零似客心。翻飞未肯下，犹言惜故林"，到万木凋零后的"楚树雪晴后，萧萧落晚风。因思故国夜，临水几株空"，从"秋风起兮白云飞，草木黄落兮雁南归"的悲凉，到"西宫南苑多秋草，落叶满阶红不扫"的寂寞。落叶，是从古至今令所有文人心照不宣的符号。当王实甫把范仲淹的"碧云天，黄叶地"改为"碧云天，黄花地"，一字之差，边塞秋风中的壮士

冬

悲歌成了小院幽窗下的儿女情长，一花一叶，在中国人的语境里，微妙的差别甚是有趣。

"无端木叶萧萧下，更与愁人作雨声"，陆游一语道破这"无边落木"的深意。落叶，原来一直是中国文人心中的一场愁雨。

不过，落叶也不全是悲凉的。有一年冬天雪来得早了些，把尚未落尽的银杏叶一起带了下来，第二天雪晴时，阳光把白皑皑的雪照得剔透玲珑，雪中金色的落叶若隐若现，真个可谓"金玉满堂"了。这景象，饶是谁看到，怕也难悲伤起来。

其实想来，落叶之所以让人悲，无非是引发了人们盛年不再的慨叹，但换个角度去看，盛极而衰本就是自然规律，万物自有其轮回往复的规律，一棵树的暮年，又何尝不是美的呢？明代诗人雪溪映曾有一首《落叶》，别具一格，颇可玩味：

肯信非常事，何伤撩乱飞。

茂时藏败局，殒处发生机。

稀护枝头鸟，深埋路到扉。

　　　　　莫将黄瘦片，还拟落花肥。

　　短短四联诗，句句似禅语。也许这份独属于晚年的超
然、智慧和慈悲，才是落叶的真谛。

45　羊汤：煨羊肥嫩数京中

寒冬最宜热汤进补，而众多品种的汤羹里，中国人唯对羊汤最情有独钟。

中国人爱羊汤到什么地步呢？《南史·毛修之传》记载："修之尝为羊羹，以荐虏尚书，尚书以为绝味，献之于焘；焘，大喜，修之为太官令。"因为羊汤做得好，毛修之竟然能得到皇帝赏识，从此平步青云。但这还不是最夸张的，《战国策·中山策》载，中山国国君大宴宾客，司马子期在座，席间中山君为宾客们分食羊羹，而"羊羹不遍"，司马子期没得到。一怒之下他跑到楚国，劝说楚王伐中山。中山君"以一杯羊羹亡国"，也真是令人啼笑皆非的事情了。

不知是不是因为靠近内蒙古，北京人向来对自己烹饪羊肉的手法颇为自信。涮羊肉和羊蝎子承包了北京饭馆的"半壁江山"，和烤鸭一起平分着帝都美食江湖的秋色。尤其到了秋冬季节，去烤鸭店的，大多就是外地游客了，而老北京们，十有八九是要钻进胡同里的小馆子，来一锅热气腾腾的羊蝎子的。

北京人烹饪羊肉，也确实算得上"祖传技能"了。早在清代，诗人杨静亭就曾在《都门杂咏》中大啖美羊：

煨羊肥嫩数京中，酱用清汤色煮红。

日午烧来焦且烂，喜无膻味腻喉咙。

诗写得实在是不太高明，但却也颇得京派红汤炖羊的精髓：加酱红烧，软烂入味。其实不止是酱，羊蝎子好吃与否，各式佐料配比是否得当，本就是个至关重要的因素。香叶、桂皮、八角、草果、白芷、肉蔻、花椒、孜然、小茴香、白胡椒、干辣椒……这么一番炖煮，羊肉自然也吃不出什么腥膻味了。

不过，这句"煨羊肥嫩数京中"也着实狂妄了些，煨羊的本事，若说京城数第一，西安第一个不服气。秦人擅长烹羊，那可是著名"吃货"苏东坡亲自盖章认证过的："秦烹惟羊羹，陇馔有熊腊"，这说的正是大名鼎鼎的羊肉泡了。西安地处西北要冲，与牧区相近，新鲜的羊肉不难获取，西安的羊汤就有了优质的食材。而隋唐时期的西安更是名副其实的"国际化大都市",各种新奇的调料和独特的口味,也通过丝绸之路流向这里,碰撞出独属于西安的美味。记得电视剧《长安十二时辰》里有个镜头,长安的不良人们围着一口煮着羊肉的铁锅,满怀期待地催促着一位弟兄加一点他新得来的"宝贝",这能让一锅羊汤瞬间升华的宝物,正是今天我们已经司空见惯了的胡椒。直到今天,胡椒依然可以说是西安羊汤的灵魂。汤要煮得油润、透亮,隔着一汪油半碗汤,碗底的羊肉依然清晰可见。新烤的馍细细地掰碎,和汤一起武火急煮,片刻后装碗,一口下肚,暖人心脾。

不过,即便是如此一碗羊汤,在我看来,仍算不得极品。我印象中全国各地独一份的羊汤,当属我家乡的羊汤。没有哪个枣庄人不识得羊肉汤,冬至要温补,夏至要喝"伏羊"。在枣庄,没有哪个节气、哪个节日,是不能收敛到喝羊汤上的。枣庄的羊汤不同于别处,一口半人高的铁锅,现宰的羊骨下锅,大火猛煮,至肉汤雪白如同牛乳一般,装在大铁壶里上桌。地道的本地人,喝这清汤时只加少许食盐,甚至干脆连盐也省了,就把这原汁原味的白汤当水来喝。羊肉和羊杂,投入汤锅里煮熟，捞出沥干，切成薄片，入滚水氽烫，加盐、辣椒油、花椒面、香菜、葱花凉拌，论斤装盘，用以佐餐。主食一定是烧饼。枣庄的烧饼也是别处没有的，只用清水和白面粉，自然醒发两三个小时，压成一张薄薄圆圆的饼，用一个特制的扫帚将其送入炉内，快速向上一抬，面饼贴在鳌子上，几分钟后就可以出炉了。一家正宗的枣庄羊汤馆，只靠这三样，就足以让一年四季门庭若市了。

也许正是因为枣庄遍地是羊汤馆，我在家乡时，反而很少喝羊汤。不知究竟是不爱羊肉的膻气，还是因为对如此简单粗暴的烹饪方式实在提不起兴趣，直到张先生第一次随我回家，临走前最后一餐，按照枣庄习惯，总得带他尝一尝羊汤。没想到，这位连吃几天山珍海味依然保持着斯文形象的准姑爷，竟然败在了这羊汤面前，混迹在赤膊坦肚的当地食客中，半蹲半坐着一只小马扎，对着面前四方小桌上的两斤拌羊肉，独占一把大铁壶自喝自续，吃得虎虎生风，风生水起。一餐过后，满脸大汗淋漓，白衬衫湿了大半，除了不会方言，已经俨然是一位枣庄老饕的形象了。从此，每次他来我家，父母总带着我们到街头巷尾、郊区村落，四处品尝不同"流派"的羊肉汤，乐此不疲。而我，竟然也渐渐吃出了这羊肉汤的好处：纯粹，质朴，让人安心。

只可惜，识得家乡味，已是离乡时。也许家乡的好处，就是这样注定是要在离开后才能懂得的吧。

46 冰戏：忽作玻璃碎地声

"小雪封地，大雪封河"，过了大雪，北方就真个有了人们印象里冬天那琉璃世界样子了。不管雪到不到，冰是一定不会缺席的。

对冰的好奇，仿佛是人类写在基因里的天性。小时候家家住平房，寒冬腊月里，清早起来，总能看到房檐上一排排的"冰溜子"挂在瓦楞的凹处，在金灿灿的阳光下玲珑剔透，洁白晶莹。没有哪个孩子抑制得住舔一舔它的冲动，即使大人再三用冻掉舌头来恐吓，也多半是白费口舌，根本拦不住他们前仆后继地"以身试法"。大一点的孩子总是能挑最长最亮的冰溜子，神气活现地拿在手里，在弟弟妹妹艳羡的目光里，踮着脚把一排冰溜子挨个掰下来，"赏赐"给这些小个子的"臣民"。于是孩子们人手一根"冰棍儿"，明明无色无味，却能舔得咂咂有声，仿佛是什么不可多得的人间美味。一根冰溜子连吃带化，往往在大人们发现之前就消失不见了，只有冻得通红的小手，是它们曾经存在的证据。

除了摘现成的冰溜子，"造冰"也是孩子们乐此不疲的事情。在没有电子玩具的时代，这是无聊而漫长的冬天里廉价而有趣的消遣。把水倒进形形色色的容器中，有时还会加一些颜料，天黑前放到屋外，冻上一夜，第二天就成了个结结实实小冰坨。然而这有什么好玩的呢？长大了再看，真是难以想象，但孩子们的快乐，有时候就是那么简单。杨万里曾有一首《稚子弄冰》，恰是描写此般情境：

> 稚子金盆脱晓冰，彩丝穿取当银钲。
>
> 敲成玉磬穿林响，忽作玻璃碎地声。

一大早，孩子从铜盆里剜出一整块冰，用彩丝穿起来，当作钲来敲。清亮的声音像玉磬一般穿越树林，孩子正喜不自禁，谁料冰块突然掉落，哗啦一声，像玻璃碎裂一地。以诗家的眼光来看，这首诗着实算不得优秀，既没有高深的立意，也没有幽微的意境，但这份只属于童年的乐趣，却让人不禁莞尔。想来杨万里当年见此场景，应当也笑出了声吧。

大人们当然不舔冰溜子，也不会再敲"冰磬"取乐，他们自有更"高级"的玩法。滑冰，当然是其中最简单的玩法。说来有趣，即使是冰上行走，这件曾让人类吃尽苦头出尽洋相的事，竟也能成为广受欢迎的游戏，如此一想，倒也是充满了幽默的哲学意味了。最晚到宋代，中国人就已经完成了滑冰的哲学演变，《宋史》记载："故事斋宿，幸后苑，作冰戏。"而到了清代，"太液冰嬉"更是成了举国狂欢的盛典。《清朝通典》载："国朝定例，每岁冬令太液冰坚，令八旗与内府三旗简习冰嬉之技，分棚掷彩毬，互程矫捷，并设旌门悬的演射，校阅行赏。"其规模之大，水平之高，媲美今天的冬奥会也毫不逊色。

但滑冰多少还是需要点运动天赋的，而古代贵族向来是"四体不勤"，秉承"舒服不过躺着"的原则，"冰床"应运而生。北宋沈括《梦溪笔谈》中写道："信安、沧、景之间……冬月作小坐床，冰上拽之，谓之凌床。"明代刘若愚《酌中志》载："至冬冰冻，可拖床，以木板加交床或藁荐，一人前引绳，可拉二三人，行冰如飞，积雪残云，点缀如画。"一块木板，一张草席，一个会滑冰的人做牵引，在摩擦力远小于石板路的冰面上，古人也许曾享受过其他季节难以企及的风驰电掣的快感。

除了速度，古人也在冰上玩浪漫。明代正德年间，北京城里兴起了"冰床围酌"的游戏，富豪们专挑严冬时节，将冰床连成一片，体验一把"绿蚁新醅酒，红泥小火炉"的惬意。《燕都游览志》中描写道："积水潭在都城西北隅……好事者恒觅十余床，携围炉酒具，酌冰凌中。"总觉得明代都城虽在北京，但始终走在大明时尚前列的，却是南直隶一带，唯有这"冰床围酌"，是大自然对北方城市天然的馈赠，是南方人羡慕不来的浪漫情趣。刘侗曾在《帝京景物略》中用寥寥数语勾勒了这幅景象："雪后，集十余床，垆分尊合，月在雪，雪在冰。"真真雅致。

初到北京读书时，燕园的冰场是清北两校名副其实的"冬季社交中心"。未名湖结冰的时间恰在考试周前不久，连续几天气温走低，湖面结结实实覆上厚厚的冰层，大半个未名湖就被围起来了，租售冰鞋和冰车的小贩开始营业，燕园迎来了最热闹的季节。一旦听说冰场开放，被期末考试折磨得生无可恋的我们，心里就像种下了一颗即将破土而出的种子，痒得很。最后一门考试结束后，一起到未名湖滑冰，是每个班级的保留节目了。在冬季淡蓝的天幕下，满湖爽朗的笑声里，或是贴着岸边蹒跚学步，或是在冰道上摔个四脚朝天，或是被"大神"带着体验一把"超速驾驶"的心跳，无论技术如何，这段回忆都一定不会缺席。

后来，清华的荷塘上也有了自己的冰场，但冰场上的人，却渐渐少了。唱 K，桌游，密室逃脱，学生们有了越来越多更新潮的玩法，冰场也逐渐变得鲜有人问津。

然而我总觉得，那一年在未名湖上滑冰的快乐，再也没有体验过了。

也许，那一声玻璃碎地的快乐，是只属于孩子，只属于那个纯净冬天的绝唱。

47　撸猫：我与狸奴不出门

这个时代的年轻人，可以不吸烟，可以不喝酒，但若要他们不"撸猫"，那是万万不能的。

我家有只小猫，叫泡泡。泡泡应当算是我的"老乡"，生在山东，一岁时被前主人弃养，朋友发来它的照片给我看，问我能不能收养它。我向来喜欢猫，碍于张先生的极力反对，始终没有养。张先生倒不是反感宠物，而是对"狗忠臣，猫奸臣"的说法深信不疑，坚信猫这种高冷傲慢的生物，是养不熟的。我们曾在别人家见过一只不到三个月的加菲猫，迈着摇摇晃晃的步子，流着口水咬遍了所有客人的鞋带，包括张先生那双他最喜欢的运动鞋。从此他与猫算是结下了仇恨，好说歹说也收效甚微。因此，当我拿着泡泡的照片和他商量时，心里已经做好了打一场持久战的准备，谁成想，他却对泡泡"一见钟情"了。泡泡的英短爸爸给了他一个浑圆敦厚的体型，而布偶妈妈给了他一双顾盼生辉的漂亮眼睛，张先生看到照片一瞬间，竟然扑哧笑出了声，说，这猫咪活像个大炮弹。于是，泡泡不仅有了家，还有了这个新名字。

后来我总说，泡泡这一来，算是便宜了我们。要知道在古代，能捉老鼠的猫简直是"粮仓守护神"，因此求一只小猫是非常重要的事情。宋朝人接猫犹如纳妾，需要带着聘礼上门，虽然不要什么珍珠翡翠，但盐和鱼，是少不了的。著名"猫奴"陆游曾写过一首《赠猫》：

> 盐裹聘狸奴，常看戏座隅。
>
> 时时醉薄荷，夜夜占氍毹。
>
> 鼠穴功方列，鱼餐赏岂无。
>
> 仍当立名字，唤作小於菟。

郑重其事地带了盐去"聘"来了一只小猫，于是兴高采烈地发了朋友圈炫耀："我也是有猫的人了！它吸薄荷上头的样子超可爱！夜里就睡在我的毛毯上，心都要化了！哦，对了，它还会捉老鼠，必须赏它一顿小鱼干！以后我就叫他小老虎啦！"这副模样，真是新晋铲屎官的真实写照了。

直到明代，猫逐渐脱离了捉老鼠的实际作用而成为了

"全职宠物"，但"聘猫仪式"依然隆重。文徵明曾这样写他乞猫的过程：

> 珍重从君乞小狸，女郎先已办氍毹。
>
> 自缘夜榻思高枕，端要山斋护旧书。
>
> 遣聘自将盐裹箬，策勋莫道食无鱼。
>
> 花阴满地春堪戏，正是蚕眠二月余。

不仅要带着盐、鱼上门迎娶，更是提前把猫窝都备好了。这倒是跟今天的铲屎官们一个样。我曾在"双十一"后，到物流集散点找我的快递，翻了翻堆满一地的大包小裹，十个里至少有五个，是猫粮、猫砂、猫玩具。于是不禁哑然，原来在"再穷不能穷主子"这一点上，大家都是同道中人。

不仅为主子花钱，"猫奴"们甚至可以为猫儿动武。钱锺书曾有一只爱猫，名叫"花花儿"，他曾写他的花花儿"爱吃的东西很特别，如老玉米，水果糖，花生米，好像别的猫不爱吃这些"。在他的眼里，连花花儿爱吃的东西都如此与众不同，宠爱之情溢于言表。当时他的邻居林徽因家也有一只猫，两只猫"相爱相杀"，时不时会打起架来，而花花儿总是落得下风，这让钱锺书很是不悦。他为此特地准备了一个长竹竿，无论多冷的天气，只要听到了花花儿的叫声，立刻从暖和被窝里出来拿起竹竿帮花花儿打架，甚至后来还专门写了一篇讽刺小说《猫》，把林徽因、梁思成两位主人也一并揶揄了一番，暗搓搓出了一口恶气。

去年泡泡曾寄养在朋友家大半个月，她家的猫咪叫大福，浑身雪白，身条瘦长，依照古人的叫法，是只正宗的"尺玉宵飞练"。泡泡是个片刻也不得闲的小话唠，嘴上恨不得能叫出一百单八种花样，一见到大福就黏上去寒暄搭讪，生性高冷的大福不胜其烦，像个被陌生人强迫唠家常的资深社恐患者，内心无比焦躁。几番躲避无果后，大福忍无可忍，伸出爪子给了泡泡一拳，泡泡这一头热的剃头挑子被浇了凉水，哪里肯罢休，于是追着大福满屋跑，按住就是一顿拳打脚踢，朋友听到大福的哀嚎赶来救援时，场面已经是一片混乱，猫毛满天了。如此这般的几次武力冲突后，泡泡终于没有控制好力道，把大福的爪子咬出了血。朋友找我来控诉泡泡的劣迹，揪着脖子把它送回了我家。送来时竟然还不忘给它带上了罐头和零食，看来

冬

她对我的情谊，可比钱锺书和梁家伉俪之间深厚多了。

猫究竟有什么好处？这怕是很难说清。捉耗子？这项本职工作早在宋代猫儿就开始生疏了。宋代诗人胡仲弓看着家里老鼠翻天，猫主子却在卧榻安寝，气急败坏地写下"瓶吕斗粟鼠窃尽，床上狸奴睡不知"的句子，然而转头又"买鱼和饭养如儿"了。猫的乖巧伶俐呢，又比不上狗，那副"千唤不一回"的我行我素的姿态，简直气煞人也。然而奇怪的是，就是这样一桩说不出哪里好的事情，却难有人能逃脱"真香定律"，一入此坑深似海。陆游聘来的"小於菟"，本是为了看护家中藏书，没想到上岗没多久，就开始消极怠工了，陆游一边气急败坏地写下"狸奴睡被中，鼠横若不闻""甚矣翻盆暴，嗟君睡得成"，一边又忍不住说"前生旧童子，伴我老山村""勿生孤寂念，道伴大狸奴"。谁能想到，在那个风雪交加的夜晚，僵卧孤村的陆游方才写罢"铁马冰河入梦来"，转头又去写下了"溪柴火软蛮毡暖，我与狸奴不出门"这样温情脉脉的句子。

也许这就是养猫的好处吧。也许这毛茸茸的小生灵，就是有着这样的魔力，总是能够触动人心中最柔软、最细腻的角落。纵使陆游这样铁骨铮铮的英雄，面对猫儿那一双清澈的眼睛，面对这个对自己无比信任、无比依恋，没有任何防备的小生命，也难免不卸下铠甲，体味这难得的温存。

48 消寒：梅花点遍无余白

2020 年的冬天格外地冷，窗外寒风凛冽，呵气成霜，然而掐指细算，也才是二九刚过，远没到一年中最冷的时日。说到数九，想起小时候课本上曾写着《九九歌》："一九二九不出手，三九四九冰上走，五九六九沿河看柳，七九河开，八九雁来，九九加一九，耕牛遍地走。"城市里的孩子，对歌谣里的内容并没有多少共鸣，但当我发现这几句话目不识丁的外婆竟比我背得还熟时，便对它有了深刻的印象。外婆会说，"三九了，天冷，记得出门穿好棉袄"，或者"七九快过完了，要买种子准备犁地了"。在她的话语中，数九是再正常不过的计时法，就像我记得期末考试后就是寒假那样自然。

其实数九本就是陪伴了我们上千年的"冬令时"。《周易》以阳爻为九，这个"至阳之数"的积累意味着阴气消减，阳气滋长。梁代宗懔《荆楚岁时记》中写道："俗用冬至日数及九九八十一日，为寒尽。"从冬至当天开始数，至九九八十一天后，刚好寒去暖来，"春已深矣"。

数九不仅是为了算几时寒尽，几时春耕，更是漫长冬日里饶有意趣的一桩消遣。画《消寒图》是无论文人墨客还是乡野村夫，都不会缺席的冬日游戏。从冬至这天起，开始画梅花，每天一片花瓣，九天一朵梅花，待到九朵梅花画成，就是冬尽春来的日子。元代诗人杨允孚曾有《滦京杂咏》云：

> 试数窗间九九图，馀寒消尽暖回初。
> 梅花点遍无馀白，看到今朝是杏株。

冬至后，贴梅花一株于窗间，佳人晓妆，日以胭脂涂一圈，八十一圈既足，变作杏花，即暖回矣。私以为这其中最有趣的地方在于，以脂粉点梅而竟成杏花，红杏比白梅，多的本就是一段艳冶的脂粉气。冬为寒梅，春为娇杏，这其中的风雅缱绻，独属于兰心蕙质的旧时闺阁。

而读书人自有读书人的玩法，相比于"画九"，他们更偏爱"写九"。《清稗类钞》记载："宣宗（道光）御制词，有'亭前垂柳珍重待春风（風）'一句，句各九言，言各九画，其后双钩之，装潢成幅，曰《九九消寒图》，题'管城春色'四字于其端。南书房翰林日以'阴晴风雪'注之，自冬至始，日填一画，凡八十一日而毕事。"后来这桩宫里的乐事"飞入寻常百姓家"，上至王公大臣，下至平民百姓，但凡识得几个大字，到了冬至，都会在家门口挂上描着这句话的图。后来除了常用的'亭前垂柳珍重待春风'，还衍生出了"春前庭柏风送香盈室""待束春风重染郊亭柳"等，看来九确实是个吉利数字，单是九画的汉字，竟也能凑出这么多暖意融融的句子来。

再高级一点的玩法，可以根据每日天气，用不同颜色的笔墨给字着色，于是消寒图还兼具了天气记录本的功能。《康乾遗俗轶事饰物考》中记载："晴涂红色，阴（涂）蓝色，雨涂绿色，风涂黄色，雪可以空白不涂，或添铅粉。九九完成，已是冬去春来，每格笔画颜色不同，五颜六色，美不胜收。"这俨然就是前些年大热的涂色绘本了，年轻人在国外画师的线描本上描红画绿时，一定未曾想到，我们的祖先几百年前就曾赶过这波时髦。

最早发明这消寒游戏的究竟是何人，如今已不可考，但我想，也许他的初衷并不是后来人体会到的那般美好。我曾经历过一段十分艰苦的军训，在最难熬的日子里，我在笔记本上给接下来的 28 天画了 28 个圈，每过一天，便涂满一个。每天晚上用墨水认认真真涂满一个圆圈，是一天中最快乐的时间，我能够真真切切地感觉到，期盼着的那一天更近了一步，那种感觉，踏实，温暖，带给人希望的力量。或许最早数九的人，也是抱着同样的心态吧。而令他们没想到的是，这种煎熬中的无心插柳，竟然成就了后人在寒冬中的别样浪漫。

　　也许，把这样每一寸普通、枯燥甚至艰难的时光，过成诗意盎然的样子，这就是属于中国人的生活智慧。

49 火锅：骨董羹香胜绮筵

冬天要做的第一件事情，当然是涮火锅。

中国偌大的土地上，没有哪个地方会在涮火锅这一件事上甘居人后。当"清汤涮肉"的北京流遇到"麻辣红油"的四川流，他们一定会为蘸料用麻酱还是香油争执一番，同样选择香油的成都派和重庆派，又免不了为香辣和麻辣谁胜一筹而大动肝火。这边刚用鸳鸯锅解决了吃不吃辣的分歧，那边又为清汤锅底加不加口蘑枸杞互不相让。当然，无论有多少分歧，当炭火一点，汤底一开，羊肉牛肚一下锅，也就统统化作乌有了：毕竟，火锅本就是一种以"不讲究"为讲究的烹饪，无论是山珍海味还是筋头巴脑，在一个锅里这么一涮一煮，下肚的只有爽快。

严格来说，涮火锅应当是人类历史最悠久的烹饪方式了，所谓"钟鸣鼎食"，偌大的铜鼎，似乎也无法煎炒烹炸，只能把牛羊肉往里一扔，大家围鼎分食，俨然是"聚众涮锅"的场面了。白居易诗云："绿蚁新醅酒，红泥小火炉。晚来天欲雪，能饮一杯无。"在一个寒冷的雪夜里，我们有理由相信，这"小火炉"上一定煮着滚热的汤锅。

当然，把火锅发扬光大的，还是最懂生活的宋人。永远走在大宋餐饮业前列的"美食弄潮儿"苏轼在《仇池笔记·盘游饭谷董羹》中记载："罗浮颖老取凡饮食杂烹之，名'谷董羹'。"所谓'谷（骨）董'，就是古货杂物，形形色色无所不有，这种把家中寻得的各色食材一股脑儿炖成一锅的做法，也真可以称得上"羹中骨董"了。释慧空和尚曾作《与郭郎作骨董羹》，可以为证：

> 诗人例穷无可佳，借蔬贷粟东西家。
>
> 胸中一字不疗馁，奈此满筐皆云霞。
>
> 郭郎之贫亦相似，眼高视世如空花。
>
> 两翁相值且相煎，薄糁藜羹终胜茶。

释慧空和尚的这一锅骨董羹，其实应当算是东借西凑来的一锅"百家饭"了，虽然辛酸，却也温暖。

在涮锅这件事上，能让苏轼自愧不如的，是南宋的林洪。他在《山家清供》中记载自己曾到武夷山拜访好友，山中大雪，猎得野兔一只，但却找不到可以烹饪的厨师。

于是二人按照山里的吃法，兔肉切片，加酒、酱、椒腌至入味，小桌上设一风炉，炉上架锅，盛半锅水，水沸后各执箸煮肉，肉熟即食，味极鲜美。林洪对这顿饭念念不忘，甚至多年后还特地作诗怀念："浪涌晴江雪，风翻晚照霞。醉忆山中味，都忘贵客来。"从此，火锅有了个更加美丽的名字：拨霞供。

清代陈坤曾说："食无下箸费千钱，骨董羹香胜绮筵。何事矫揉徒造作，别饶风味是天然。"陈坤应当是个懂美食的人，这话说得一点儿没错：越是简单的烹饪方式，越能凸显出食材本身的鲜美，而也只有最新鲜的食材，才是火锅的最佳选择。因此，各地的火锅也大都是用本地特有的食材来涮。譬如北京靠近内蒙古，于是涮牛羊肉蔚然成风，而南方的火锅店，则有着北方难以吃到的鲜甜的豌豆苗。

云南人爱吃菌子，而最懂菌子的人往往选择涮食。我曾在大理吃过一回。嫩母鸡一只，焯水后小火炖出清汤，捞出葱姜，撇去浮沫，加数根虫草花，片刻后汤底金黄，薄薄一层鸡油澄净透亮。鸡枞、松茸、竹荪、牛肝菌、鸡油菌、羊肚菌，小的整棵，大的切片，一起端上桌来，下锅煮沸，带着热气捞起来，口味重的沾一下加了小米辣的蘸水，鲜香滑嫩，美似神仙。多年后再想起那个味道，还是忍不住心驰神往。

海南人吃椰子鸡火锅。随处可见的椰子劈开，椰汁入锅煮沸，椰肉切丝，文昌鸡斩成小块和椰肉一起下锅，生抽、沙姜、小青橘调个料汁，汤底清甜，鸡肉鲜香，再随意丢些青菜、腐竹、油豆皮，就地取材的一餐也足够令人满足。

只可惜，身在北京，对着超市里天价的空运野生菌和十几元一个的椰子，这些美食也只能望而却步了。

好在火锅的要义，本就是"锅无定法"。周末约上三五好友，楼下超市买上两斤牛肉片，两斤羊肉片，牛丸鱼豆腐虾饺半斤，火锅面一把，青菜呢，少来几棵算是完成了健康饮食的任务。架一台小电磁炉，红油底料丢进清水里，片刻后，肉菜下锅，虽无酒精，也足以面酣耳热。听着窗外北风呼啸，隔着热气腾腾的一口大锅，谈天说地，把"锅"言欢，这样的生活，又怎能说是不快活的呢？

煮啊，涮啊，一个寒冷的冬天，就这么慢慢融化在了火锅里。

50　蜡梅：忆得素儿如此梅

　　蜡梅开了。蜡梅叫梅却不是梅，只为因为花型香气皆类似，又同样开在寒冬，故此得了这么个名字。实际上蜡梅金黄的颜色与梅花相去甚远，但许多北方人并不太区分它们，其实也是因为北方的冬天不开梅花，实在单调，拿蜡梅给众多关于梅花的诗句一个可见可感的形象，也算是一桩自甘障目的张冠李戴吧。

　　其实在宋代以前，蜡梅并不是什么入流的花，虽然香气清芳，但因长相不佳，少有人题咏，甚至没有个固定的名字，直到北宋，才定下了"蜡梅"这个芳名。也有人把"蜡梅"写作"腊梅"，因其在腊月开放。但我以为还是这"蜡"字用得好。《本草纲目》记载："蜡梅，释名黄梅花，此物非梅类，因其与梅同时，香又相近，色似蜜蜡，故得此名。"明代王世懋《学圃余疏》也说："蜡梅原名黄梅，故王安国熙宁间尚咏黄梅，至元祐间苏、黄命为蜡梅。"蜡梅竟是由苏轼和黄庭坚亲自赐名，这也算是个属于读书人的"冷知识"了吧。苏轼曾作《蜡梅一首赠赵景贶》，诗中写道：

> 天工点酥作梅花，此有蜡梅禅老家。
>
> 蜜蜂采花作黄蜡，取蜡为花亦其物。

苏东坡最早创造了这个"黄蜡"的比喻，真是新奇而贴切。蜡梅的花瓣，无论是颜色还是质地，都像极了一块温润细腻的蜜蜡。

作为东坡的"应援团团长"，学生黄庭坚对老师的命名颇以为然，马上作诗响应：

> 金蓓锁春寒，恼人香未展。
>
> 虽无桃李颜，风味极不浅。

诗前还有一小序："京洛间有一种花，香气似梅花……类女工捻蜡所成，京洛人因谓之蜡梅。"这下算是彻底敲定了蜡梅这个名字。

有了这两位文坛巨擘的宣传，本不名贵的蜡梅从范成大笔下"初不以形状贵也，故难题咏"的"狗蝇花"，一跃成为了宋代文人诗中词里的宠儿，尤其是对这名字，是心心念念，如数家珍。王十朋诗云：

> 非蜡复非梅，梅将蜡染腮。
>
> 游蜂见还讶，疑自蜜中来。
>
> 蝶采花成蜡，还将蜡染花。
>
> 一经坡谷眼，名字压群葩。

短短四十字，却不厌其烦地把蜜呀、蜡呀反复强调，生怕读者认错名、写错字、会错意。最终还不忘再提一句，不是这花有多好，实在是苏东坡和黄山谷起的名字太妙，足以力压群芳了。

也正是因为文人们争先恐后的吟咏，蜡梅在宋人眼中格调颇高。《宾朋宴语》中记载过一桩逸事："王直方父家多侍儿，而小鬟素儿尤妍丽。王尝以蜡梅花送晁无咎，无咎以诗谢之。"诗曰：

> 去年不见蜡梅开，准拟新枝恰恰来。
>
> 芳菲意浅姿容淡，忆得素儿如此梅。

从此"素儿如梅"传为佳话，后人也常以此典故赞赏女孩清新脱俗。至今最名贵的蜡梅品种依然是"素心蜡梅"，我以为也与此多少有些关系。汪曾祺先生在《人间草木》中说，他的家乡偏重白心蜡梅，命其名曰"冰心蜡梅"，这"冰心"虽然也好听，但总觉得不如"素心"有味道。

有了众多文人坚持不懈的"带货"，其貌不扬的蜡梅终于得到了认可，在张翊所作《花经》中甚至位列"一品九命"之仙班，与名气最大的兰花和牡丹平起平坐了。

当然，作为北方漫长的冬季里唯一盛开的花，纵是没有这般好名声，蜡梅的出镜率相比也不会太低，更何况冬天的蜡梅香，真真是轻盈可爱的精灵。小时候校园里有两株蜡梅树，每到了寒假，圆鼓鼓的花苞鼓出来，一瓣瓣的金黄色呼之欲出，把它从树枝上一个个摘下来，小小一捧，放进书包里，夹到书本中，清甜的香气会在不经意间扑面袭来，于是读书变成了一件更加令人愉悦的事情。清代李渔《闲情偶寄》中写到把蜡梅插在床帐中："予尝于梦酣睡足、将觉未觉之时，忽嗅蜡梅之香，咽喉齿颊尽带幽芬，似从脏腑中出，不觉身轻欲举，谓此身必不复在人间世矣。"我对此深有同感。

其实要说凌霜傲雪，梅花并不如蜡梅。梅花其实开在

冬

江南的早春，纵使有雪，也是空中撒盐、柳絮迎风般的轻灵，比不得北方的严冬，一夜间厚厚地铺满山川。而蜡梅是不怕这雪的。因此每每读到"吾诗思在灞桥风雪中驴背上""知访寒梅过野塘"之类的句子，我也时常会想，孟浩然、李商隐他们当年踏雪而寻的，究竟是梅花还是蜡梅。

当然，这也并不重要，无论是红花还是黄花，令人动容的，终究不是花朵，而是那一段雪中的风骨，不屈的气韵。

51 归乡：此心安处是吾乡

　　每年春节临近，归乡便成了所有人口中心里永恒的话题。

　　人年轻时不知何为家乡，总是到离乡后，在年复一年腊月里的企盼、奔波、团聚、惜别中，家乡的概念，才一点一点被描画清晰。十八岁那年我第一次离开家到北京读大学，父母一直送我到了学校，安顿好一切之后，两人若无其事地说，丫头我们回去了，你照顾好自己。我也当真是在不识愁滋味的年纪，就那样轻松地挥了挥手，和新认识的同学说笑着离开了，一声"再见"并不比往日上学出门前的道别多多少珍重。后来，父亲告诉我，那一天母亲看着我的背影，怎么也迈不开脚步，眼泪止不住地流。后来，在经历了多少回无人可诉的委屈后，我才发现家已经成了一个几百公里之外的名词。再后来，我也有了离家前一个个辗转难眠的夜晚，有了在送别的车站偷偷抹一把眼泪的怯弱。就是这样，在这年复一年的相见又别离中，家成了心结，成了羁绊，成了白月光，也成了内心深处力量的源泉。

家的吸引力，来自我们对其熟悉。我们自从出生，就在这里的一草一木、一砖一瓦的陪伴中长大，我们熟悉这里的每一条巷陌，熟悉日暮的灯火和日出的炊烟，熟悉母亲呼唤我们归家的乡音，熟悉门前一棵歪脖子的老柳树和树上的鸟窝。贺知章曾写：

> 离别家乡岁月多，近来人事半消磨。
> 唯有门前镜湖水，春风不改旧时波。

不改的乡音，如旧的湖水，对于一双看尽了世间沧桑的眼睛来说，只有这种来自童年的熟悉，最是让人心安。

然而，让人心安的，有时却也不止是故乡。当我在清华园读书读到第四个年头，这里却又成了让我魂牵梦萦的地方。我至今仍记得，那一年七月的某个下午，黄昏的脚步又懒又慢，我拖着大包小裹的行李，走出宿舍，回头看看它，昏黄的阳光依旧刺眼，泪水很快把这栋小楼模糊成了一片。出租车沿着围墙缓慢地开，我趴在窗口，贪婪地看着墙里苍翠如昨的绿树，头一次希望堵车的时间能更长一些。于是就突然想到了四年前送别时，母亲的那份心情。原来度过了朝夕相处的四年后，这园子与我，也早已如故乡一般。

李白说："但使主人能醉客，不知何处是他乡。"但这位神仙纵使不醉，又何曾分清过他乡与故乡？当人们还在苦苦争论碎叶还是陇西，江油或者安陆，李白却早已不再计较这个问题。无论是巴蜀或者江汉，甚至是那映着月亮的一江碧水，哪里有朋友和酒，哪里就是他的故乡。明代李贽曾说："余谓李白无时不是其生之年，无处不是其生之地。亦是天上星，亦是地上英，亦是巴西人，亦是陇西人，亦是山东人，亦是会稽人，亦是浔阳人，亦是夜郎人。死之处亦荣，生之处亦荣，流之处亦荣，囚之处亦荣，不游不囚不流不到之处，读其书，见其人，亦荣亦荣，莫争莫争。"此言得之。

我生本无乡，心安是归处。

说到这里，不得不提苏东坡。东坡有位好友名叫王巩，因为"乌台诗案"受到了牵连，被发配岭南。在当时，岭南是个步步杀机的地方，民风剽悍，瘴疠横行，令人闻之变色，所以王巩启程时亲朋故友，鲜有陪同，唯有一人例外。这人命唤柔奴，本是京中大户小姐，因家道中落沦入乐籍，迎来送往，多是王亲贵胄，却难见真情。直到她遇到王巩。王巩不忍见佳人流落风尘，将柔奴带回家中，于是柔奴心生感激。在王巩造此大祸时，家中仆役歌女尽皆散尽，唯有柔奴不走，毅然陪在王巩身旁，随他到了岭南。有了柔奴的陪伴，王巩的流放生活多了一抹亮色，二人历尽磨难，元丰六年，终于得以北归，与苏轼在黄州相见。几番推杯换盏后，苏轼带着几分愧疚，醉眼朦胧地问柔奴，岭南环境艰苦，你们可曾想家？柔奴只是笑笑，温柔却又坚定地说出了那句千古名言："此心安处是吾乡"。东坡大为感动，当场为柔奴作下了一曲《定风波》：

常羡人间琢玉郎，天应乞与点酥娘。

尽道清歌传皓齿，风起。雪飞炎海变清凉。

万里归来颜愈少，微笑。笑时犹带岭梅香。

试问岭南应不好。

却道，此心安处是吾乡。

　　而这时，正是苏轼写下了著名的《记承天寺夜游》之后两个月，想来柔奴的这句话，应当是在这位徘徊难定的诗人心中种下了一颗种子，日后那个笑看烟云、怡然自适的东坡，许是也有几分柔奴的功劳吧。

　　2021年春节，谈起这个话题，显得尤为应景。因为疫情，很多人不能归家团聚，此时相比于喟叹，也许为自己另建一座精神家园，更为高明。但得心安，身在哪里过年，又有什么关系呢？

　　此心安处，即是吾乡。

后　记

　　这本书的出版，算是圆了我一个沉睡多年的心愿。

　　我从小喜爱读读写写，少年时曾发表过一些文章，也做过一个"作家梦"。高中毕业时，几经考量，我到清华大学读了电子系，从此也不得不暂时搁下了笔。但沉睡的种子从来也没有放弃发芽，只是在等待着一场吹化冻土的东风。

　　大约是五六年前，机缘巧合之下，我接触到了汉服摄影，为了挖掘拍摄题材，我开始对周围自然环境的变化格外关注。万分庆幸的是，我曾在儿时读过大量的诗词，于是在每一次拍摄中，目之所及，耳之所闻，常常会触动心里的某根弦，释放出一句沉睡许久的诗句，倏然间与古人产生出一种奇妙的共鸣。于是，我萌生出了把这些瞬间记录下来的想法，山山水水，花花草草，但凡有感，皆自成一篇。日复一日，终于有一天，猛然回头，发现一年四季已然被定格在了字里行间。

重新拿起笔，我惊喜地发现，写作依然是让我快乐的事情。写我所熟悉和喜爱的那些节令物，往往是一气呵成，笔随意动，像一个给朋友讲述着自己旅途见闻的孩子，滔滔不绝，喜不自禁。成文之后，绝少修改，为的就是保留那一段行云流水般的思绪，如同一幅大写意，不求精到，只看情境。而对于陌生的那些，往往是先大量翻找典籍资料，构建起一个囫囵印象，再反复咀嚼，抽象出一个情态，构建起一条脉络，精心谋篇布局，细细推敲斟酌，最终呈现的是巧密细致的工笔画。前者如《花灯》《荠菜》《青团》《田园》《螃蟹》《冰戏》等，后者如《春雷》《青梅》《秋水》《消寒》《蜡梅》等。也许您翻阅本书时已经发现其中区别，那么于我，便又多了一桩伯牙子期的乐事。

还有一件事，是我此前不曾发现的，就是童年和故乡原来给我留下了如此深刻的烙印。童年时，我曾在外婆家断断续续地生活过一两年，时间实在是算不得很长，而那个村子，也并没有什么特别的风景，不过是在苏北鲁南地区随处可见的，朴素而有些落后的小村落罢了。我没想到，那段时光给我留下的回忆，竟俯拾皆是。樱桃树，土坯房，早晨的鸟鸣，傍晚的炊烟，带风箱的土灶，有辘轳的老水井，那个小院里的一切，都会在不知哪句诗的触动下，突然间回到我的眼前。我想，也许这就是中国人与生俱来的乡土情结，是一个农耕民族与土地，与乡村，与自然，不可斩断的血脉联系，正是这种眷恋，构成了中华文明独特的审美基因，也维系着我们与那些古老的诗歌穿越千年的共鸣。可惜的是，今天的孩子正在慢慢远离乡村，我们曾经有幸感受过的一切，在他们的童年中都不曾出现。这是一种无法弥补的遗憾。也是因为这个缘故，我决心把这些文章集结出版，为这些孩子填补一些空白，也是我们这些大人，添一点关于乡愁的慰藉。

而这个愿望的实现，离不开一路上许多师友的陪伴和帮助。感谢"我们的太空"新媒体矩阵强势推荐；感谢德高望重的诗歌泰斗贺敬之先生的鼓励；感谢前辈贺茂之将军的关心；感谢央视诗词大会学术总负责人李定广先生慷慨作序；感谢飞天英雄邓清明先生为我题写书名；感谢清华大学戚学民教授、作家兰宁远先生，两位老师对我的肯定是我坚持创作的不竭动力。另外，我还要感谢浙江人民出版社的史守贝编辑，对我这样一个从事航天工作的工程师来说，出一本如此文艺的书，并不是一件一帆风顺的事情。要感谢她的耐心鼓励和精心策划，我才得以一步一步地向儿时的梦想靠近，感谢本书编辑团队的辛勤浇灌，让我心中那颗小小的种子终于破土发芽。

本书前面春夏秋冬四幅插图是全书的灵感来源，希望它们能够与文字互为映衬，共同呈现出独属于那个时令的完整的诗意。感谢我的爱人张天先生，好友高鲲先生、田秋媛女士，他们对本书的内容提供了很多建议，并做了大量工作。

感谢我挚爱的双亲，他们给我无私的爱是我创作的源泉，这本书的诞生饱含了他们浓浓的爱意。

感谢我的领导，是他们一如既往地支持我，感谢我的师长、我的同学，是他们默默地关注，才有了这本书的诞生。

靳舒馨

2021 年 6 月